Editorial
Giraluna

Elisa Mateo Guillen

Lo que la niebla trajo
y otros relatos

Editorial Giraluna

© Editorial Giraluna R.L, 2020
Derechos Reservados

Edición al cuidado de:
Rey D' Linares
reydlinares69@hotmail.com

Diseño de la portada:
Carolina Linares
artesgraficas20042009@gmail.com

Publicado en Venezuela por:
Editorial Giraluna R.L.
J-29614384-6
editorialgiraluna2008@gmail.com
Teléfono: (+58) 0212-524.25.33

Depósito Legal: DC2020001274
ISBN: 978-980-7257-89-3

Dedicado a mi padre

LO QUE LA NIEBLA TRAJO

Todavía podía verse el sol, pero la niebla se iba acercando y se iba adueñando poco a poco del entorno, difuminando las aceras, los árboles y las fachadas. Haciendo que la gente fuese más borrosa en la distancia.

Y de la distancia, levemente emborronado por la niebla, emergió un niño. Caminaba nervioso y daba grandes caladas a un puro habano que tenía un aspecto grotesco e inmundo en su fina boquita infantil. Pero, más esperpéntico si cabe, era su gesto grave, maquinal y diestro a la hora de fumar. Como si lo hiciese todos los días. Como si llevase años haciéndolo. Oía murmurar a la gente que pasaba cerca.

— ¿Has visto a ese niño?

— Sí, yo creo que es un actor y eso no es un puro de verdad. Estará ensayando su papel.

— Sí, puede ser. O igual hay una cámara oculta en algún sitio.

—¿Qué haces, joven? ¿No te da vergüenza fumar? ¡Y semejante puro de señor! ¡Habrase visto cosa igual!

El niño se encogió de hombros, pero a los dos segundos tosió y su pecho sonó denso y cargado. Sus pequeños pulmones no podían aguantar como si nada las grandes bocanadas que aspiraba como quien inspira hondo con la intención de relajarse. Por ello, al cabo de un tiempo, decidió tirar al suelo el puro a medio consumir y pisotearlo con desdén. Escupió. Tendría unos nueve años, miraba con cara de pocos amigos y sus pequeños ojos azules parecían reflejar las entrañas de un océano primigenio.

Entró a una de esas tabernas irlandesas que abundaban por la zona y que se habían puesto de moda por toda la ciudad. Le gustaba el aspecto clásico de la madera, su olor, el aroma suave con notas a café y malta de la Guinness, la reconfortante visión de un whisky, que le traía a la cabeza el placer y la sencillez de lo cotidiano. Solo, sin necesidad de más, su sabor amaderado rebajado con un par de cubitos de hielo era el placer perfecto para un paladar experimentado. Se acercó el camarero.

—¿Qué quieres, chico?

— Un zumo de piña. Me bebería un whisky, pero sé que no me lo va a sacar.

—¿Un whisky? Jajaja. ¿Eres el graciosillo de tu clase, eh?

— Ya me gustaría a mí. Bebo zumo de piña porque estoy cansado de beber agua. El agua es para los peces. Siempre lo he dicho. Y el zumo de piña para mariquitas, pero qué remedio si no me va a poner ni una triste media pinta.

— Bueno, toma el zumo. ¿Llevarás dinero por lo menos? ¿De dónde sacas esas ocurrencias que tienes? ¿Te trae tu abuelo al bar? Será uno de estos viejos que le pegan todo el día al whisky sin contemplaciones…

El niño dejó el dinero exacto del zumo de piña sobre la barra y se dirigió a una mesita, ignorando por completo las observaciones del camarero. En la distancia, observó a dos ancianos que parecían haber bebido demasiado y hablaban muy alto.

—¡Te digo yo que es verdad! Eso es lo que contaba…Que no era más que un crío y un día se levantó de la cama y era un viejo.

— Suele pasar…El tiempo pasa rápido.

—¡No es eso! Deja de burlarte de mí. Eso pasó en un solo día, un día real. No un día del dicho de: "la vida son dos días".

El niño se acercó con su zumo a ellos, atraído por tan curiosa conversación.

— Disculpen, caballeros. ¿Han dicho que alguien que era joven se levantó de la cama un día convertido en un anciano?

— Has oído bien, pequeño alcahuete. Mira, compañero. Aquí tienes a alguien que va a escuchar tu historia con toda atención y no se va a reír de ti. Yo os dejo y me voy a que me dé el aire un rato.

Así, uno de los dos ancianos se levantó tambaleándose y se marchó a la calle. El niño se sentó frente al que quedaba, que se encogió de hombros y dio un trago a su pinta de Guinness.

—¿Me da usted un trago?

—¿Pero no eres muy joven? Bueno... te doy un traguito si así eres feliz...Solo uno...

— Sí, sí, solo un traguito, ya no me sienta tan bien como antes.

—¿Me estás tomando el pelo?

— No, cuénteme usted lo del chico que se hizo viejo en un día.

El anciano asintió con gravedad con la cabeza. Pareció considerar importante que el niño supiese la historia que le iba a relatar. Tosió para aclararse la voz y comenzó con el relato.

— Fue hace un par de años. Lo encontré llorando, sentado en una acera. Como un niño. Los ancianos a veces se ponen sentimentales y lloran. Pero él... sollozaba igual que un niño y a veces pataleaba de pura rabia. Hay gente que a veces tiene algún tipo de regresión y vuelve a la infancia. La gente senil a veces cree que está en su infancia. Pero él no estaba senil, muchacho. Llegué a conocerlo bien. Dijo que su propio padre lo echó a puntapiés de casa al verlo tan viejo. No lo reconoció. Acabó en la calle e indocumentado. Fíjate en mí, muchacho. La de años que tengo. Pues aparentaba mi edad. Y no podía trabajar, estaba viejo para eso. Pero además no tenía ningún conocimiento del mundo laboral. No había tenido tiempo de adquirirlo, solo era un crío. Pensé que estaba loco, pero no creí que fuera peligroso. A pesar de las numerosas arrugas en su frente, en la comisura de los labios y las carnes flácidas por muchas partes de su cuerpo, sus grandes ojos eran limpios, transparentes como el cristal. Como si un niño perdido te mirase. Apareció un día de mucha niebla, como tú hoy. No sé qué ocurre los días de niebla. Las situaciones confusas se suceden. En fin…Yo acogí a ese hombre en mi casa. Se me encogía el alma de verlo en su estado. Yo soy un viejo solitario, no tenía mucho que ofrecerle. A veces venía al bar conmigo, pero no bebía alcohol. Escuchaba a los viejos, pero se aburría y lloraba con frecuencia. En casa se entretenía con la televisión y con alguna novela de aventuras que le compraba. Así convivimos durante un año y medio. Nos hacíamos compañía y yo le cogí mucho cariño. Era como si fuese mi nieto, a pesar de ser un viejo. No sé, chico, es extraño. Me siento como si hubiese perdido a un nieto. Hace tres meses se marchó corriendo, diciendo que había alguien que podía revertir su situación. Intenté detenerlo, pero era muy impulsivo y no pude.

El niño lo miró con los ojos como platos. — ¡Caballero, caballero! Tenemos que encontrar a esa persona que vivió con usted… ¡Como sea! Míreme. Yo era un viejo. Un día me levanté y míreme. Soy un niño. Y no quiero serlo, yo ya viví mi infancia y hay alguien que no la ha vivido y le ha tocado vivir su vejez antes de hora. ¿Entiende? Si alguien puede ayudar a esa persona a volver a su estado natural, quizá también pueda ayudarme a mí. Quizá me necesiten para que ambos volvamos a lo de antes. ¡Debe darme toda la información que tenga!

Dicho esto, ambos salieron juntos de la taberna y desaparecieron rápidamente en la niebla, que ahora cubría con su manto atemporal las aceras, los árboles y las fachadas, ocultando a las personas situadas a más de un metro de distancia. Dejando todo confuso. Ahora la ciudad podía ser cualquier ciudad y pertenecer a cualquier época.

PARA QUE NO CAYESE EN MALAS MANOS

La historia les vino dada. En realidad, le vino dada a mi amigo Manuel, tal y como él mismo me contó. Él fue quien se puso con su teclado frente al ordenador y tecleaba, tecleaba sin parar. La historia fluía, iba adquiriendo forma, iba adquiriendo color y matices. La historia lo poseía, lo impulsaba y manejaba su cabeza y su mano a su antojo. Por fin podía dejarse llevar, soltarse, liberar aquel lastre que lo tenía amarrado al suelo. Por fin su mente escapaba de aquel laberinto y su mano escribía sin arrepentirse a las tres o cuatro palabras y sin volver atrás tras haber llenado varias páginas. En algún momento debería releer lo escrito, quizá remodelar algo. Pero tenía la increíble sensación de tener una gran historia entre sus manos, algo que merecía la pena ser contado.

El siguiente paso, como era natural en él, sería enseñar el escrito a su hermana Alicia. Ella era una gran lectora, tenía mucha imaginación y siempre hacía aportaciones muy oportunas y sensatas acerca de lo que podía modificarse para lograr una buena historia. Eran un equipo muy compenetrado. Alicia escribía de forma más ocasional, ya que su principal tarea consistía en dar clases de lengua castellana y se había volcado casi por completo en el aprendizaje de sus alumnos. Manuel, por su parte, se negaba a hacer otra cosa que no fuese escribir. Defendía que esta era su única vocación y que tenía que perseguirla.

Las riñas con su hermana por este motivo eran constantes; yo misma fui testigo ocasional. Alicia siempre intentaba ayudar a Manuel, promover en él otro estímulo aparte de la escritura; algo que pudiese darle la seguridad que ella creía que él necesitaba. Pero él seguía en sus trece y empeñado en ser escritor a tiempo completo. Su carácter reservado no ayudaba: no le gustaba trabajar con personas y tampoco era un manitas para otro tipo de tareas. Es cierto que publicaba, pero tardaba mucho tiempo en crear algo y no se vendía lo suficiente como para vivir de ello.

Dentro de él, todo se expandía. Magníficos colores daban carácter a sus ideas: un color se difuminaba en otro de forma progresiva e imperceptible, de tal forma que el color amarillo de repente era verde y el verde a su vez era azul. Todo empezaba con blanco para transformarse en negro. A veces el principio estaba en el negro y el fin en el blanco. A veces el color se extendía en el infinito sin un principio ni un fin y su belleza radicaba en ello. Desearía ser pintor para poder plasmar esta sutil y bella gradación que veía dentro de él, pero era algo que, llevado a un lienzo o a un papel, no funcionaba. Podía ver imágenes hermosas pero no podía hacer que el mundo las viera porque no quedaba nada de extraordinario al intentar sacarlas fuera. Sentía una gran frustración y la sensación de ser estéril, pese a lo mucho que florecía en él. A veces era bueno describiendo su paisaje interno y todas aquellas formas, humanas e inhumanas, que se le aparecían soñando despierto y que entablaban relaciones entre ellas a su antojo.

A veces podía traducir sus explosiones internas en poesía y todo era ritmo y armonía. Sin embargo, el mundo tenía su propia métrica, que funcionaba a borbotones.

Dejó de lado la poesía para escribir relatos a los que podía aportar su lirismo acompañado de una buena historia. Alicia era de gran ayuda para escribir una buena trama, pero las tramas ya se agotaban o no eran lo suficientemente buenas.

Entonces Manuel se sumergió en un mundo gris. Todos sus esfuerzos por crear una buena historia eran en vano. Empezó a salir más, deambulaba de un lado para otro. Empezó a observar a la gente en la calle, en las cafeterías, empezó a tomar nota de sus actitudes e incluso deseó convertirse en el espía de cualquiera. De repente, empezó a pensar que todo el mundo tenía una historia y, quizá, una buena historia. Irónicamente, todo el mundo menos él, que era el escritor.

Pensó que muy poca gente escribiría sus vivencias y la mayoría se limitaba a vivir. Que no era poco, dada la vida de algunos. Cualquiera había acumulado más experiencias que él.

Y, sin embargo, aun siendo interesantes, con el tiempo se dio cuenta de que todos tenían historias parecidas, incluso llevando hasta doble y triple vida. En ese caso eran vidas más convulsas, pero la historia se repetía. Dentro de una historia grande había otras más pequeñas, como en una matrioshka. Entonces, ¿cómo podría escribir una buena historia?, ¿una historia extraordinaria? Una historia en la que la gente se viese reflejada podía ser una buena historia. Pero si la gente se veía demasiado bien reflejada, no dejaría de ser una historia común. Así pensando y narcotizado por las cinco jarras de cerveza que acababa de beberse con bastante rapidez, se quedó dormido sobre la barra del bar.

Y, al despertar, sin saberlo, se fue a casa con su historia. Ya la tenía completa. No fue consciente de ello hasta un tiempo después. Sin embargo, en cuanto lo supo, actuó sin mayor dilación.

Cuando tuvo la novela completa, habló con su hermana Alicia. La leyeron y la reescribieron, haciendo de ella la novela de sus vidas: nunca habían logrado un escrito tan coherente, bien estructurado, lleno de sabiduría y experiencia y con tan profundo sentido poético. Una novela redonda, según comentó el editor.

Enseguida se dispararon las ventas y hubo varias ediciones, sus nombres empezaron a aparecer en prensa, luego en radio y en televisión. Sus rostros empezaron a ser conocidos y también resultó curioso que el libro tuviese dos autores, en lugar de un único autor.

Y, una noche, mientras charlaban y reían entre copas de champán, Manuel mostró a su hermana un maletín. Era el típico maletín negro que suelen llevar los hombres de negocios. Alicia rió al verlo. - ¿Qué haces tú con eso? No te pega para nada.

— Lo sé. No es mío – respondió él con gesto grave. — Aquí está la historia que escribimos.

Alicia abrió el maletín y sacó de él un cuaderno de tapas duras manuscrito. Parecía un especie de diario y la letra, sinuosa e inclinada hacia la izquierda, nada tenía que ver con la de su hermano.

— Alguien se dejó este maletín en un bar donde yo estuve. Alguien lo olvidó sin más cosas dentro que este viejo diario. Lo cogí para que no cayese en malas manos…

EL NIÑO DEL ESPEJO

Fue un sueño porque de repente me desperté en la cama y no había nada del lugar ni de las personas que hacía unos instantes habían aparecido en él. Solo estaba yo en mi cama y mi cama dentro de mi habitación. La misma de siempre. Y sin embargo tenía un recuerdo tan nítido de lo que había ocurrido hacía apenas unos instantes… Instantes que podrían haber sido segundos o pocos minutos de nuestra vida en estado de vigilia, pero mucho más tiempo en aquel estado onírico. Empezaré por lo que recuerdo del principio del sueño. Para empezar, no sabía que estaba soñando. Andaba feliz por la casa y era la chica que soy yo misma en estos momentos, solo que quizá con algunos minutos menos, el tiempo que había durado mi sueño, una diferencia mínima… Me sentía feliz y lo más curioso es que pensaba en mi futuro examen de cinturón negro de karate y por primera vez me sentía preparada y con ganas de hacerlo. Pero no, hasta entonces no me había sentido preparada para enfrentarme a un tribunal. Sabía que las piernas me temblarían y no me sentiría digna de hacer una demostración de los katas que había preparado ante unos ojos expertos que detectarían a la legua mis imprecisiones. Pensaba que los kiais podrían quedarse atrapados en mi garganta, como los gritos en las pesadillas cuando intentas pedir ayuda pero de repente te das cuenta de que te has quedado muda.

Y, sin embargo, entonces me sentí preparada. En sueños. Y me dirigí al baño, no sé si iba a hacer algo más en concreto, pero creo que simplemente quería mirarme en el espejo. Mis ánimos eran buenos y mi aspecto…Pero entonces el espejo me devolvió una imagen que no era la mía. Era la imagen de un niño. Me acerqué más para observarlo con detenimiento. O para observarme, no sabría cómo expresar esta extraña irrealidad…La edad aproximada de la persona del espejo podría ser de unos siete años, sus ojos eran tan oscuros que el color de su iris se confundía con sus pupilas y eran muy rasgados. Pertenecía sin duda a una raza oriental. Su pelo, aunque corto, se veía muy oscuro, grueso y fuerte. Su piel tenía una tonalidad morena que me parecía diferente a la de los chinos o japoneses. Cerré los ojos. Los volví a abrir. Pero seguía sin percibir mi imagen. El niño seguía ahí y me devolvía los gestos que yo hacía. Sacaba la lengua, abría la boca, arrugaba la nariz. Era gracioso haciendo suyos mis movimientos juguetones. Más gracioso de lo que yo hubiese resultado en el espejo. Al fin y al cabo era un niño. Y, sin embargo, bajo su apariencia infantil parecía ocultarse la serenidad de un anciano que por fin ha alcanzado la paz tras años de penurias. Su suave carita de pequeño buda mostraba aceptación y determinación.

Apenas debí pasar unos instantes ante el espejo y, aunque sorprendida en un principio, acabé asumiendo que esa imagen era la mía, que era mi yo real. Y miré el espejo con los ojos entornados para poder ver más allá de lo físico…

Sentí cómo mis pies corrían descalzos sobre una arena húmeda en la que aparecían piedrecitas que no me hacían daño, tan solo un leve roce áspero en mi piel endurecida. Percibía la humedad de la tierra, no por el contacto de mis pies con ella, sino por el aroma a tierra mojada entremezclado con un leve aroma floral y de hojas húmedas de árboles cercanos. Un aroma agradable. A naturaleza, a fertilidad, un aroma amenazado de cerca por el hedor a sudor, fango y metal, ya fuera por las armas o por el olor férreo de la sangre. Así olían los soldados amigos, los del Vietcong, los que nos habían instado a correr, a alejarnos de ahí lo antes posible. Y obedecimos. Aquellas personas nos defendían y no éramos más que niños que no debimos alejarnos demasiado. Y, por suerte, llegamos bien a casa.

Lo siguiente que recuerdo es encontrarme sentado cómodamente y a salvo en casa. Pero me di cuenta de que mis padres estaban muy callados. Mamá tenía los ojos rojos y le pregunté si había llorado. Dijo que no, que tenía un poco de irritación. Sonrió. Temí haber hecho algo malo, pero creí que no porque me lo hubieran hecho saber y estarían enfadados. Mamá me sirvió un gran cuenco con sopa. Mi estómago rugió de la alegría en cuanto lo vi y di un grito de júbilo. Papá me acarició la cabeza con mirada ausente, como quien pasa la mano sobre el pelo suave de su mascota con los pensamientos puestos en otra parte. Mi cuenco de sopa estaba repleto de fideos de arroz. Además llevaba mucho jengibre, como a mí me gusta. Comí con avidez. El primer sorbo demasiado rápido. Tanto que el caldo se me fue por otro lado y casi se desliza un fideo de arroz por el tobogán de mi garganta, pero lo retuve en el último instante. Tosí a punto de atragantarme, pero después bebí agua y se me pasó. Al contrario que otras veces, mis padres no me riñeron. Tampoco me acompañaron en la cena. No comían y era como si no estuvieran. Pero qué rico estaba mi plato y qué cansado estaba. Ahora que estaba saciado, qué bien iba a dormir.

Volví al espejo y ahí seguía el niño que ahora identificaba como yo. Si entornaba los ojos podría volver a mirar en la profundidad de su ser y vivir sus recuerdos convirtiéndome en él. Y, como ese niño me intrigaba, volví a hacerlo.

Volví a correr. Esta vez tenía unas zapatillas ligeras y desgastadas, pero con una suela con la que no rozaba ninguna parte del suelo con ninguna parte de la curtida piel de mis pies. Había niños, madres y padres. No olía a tierra húmeda, sino a humo, metal y naturaleza agredida que se consumía en llamas de una forma agónica e infame sin que pudiéramos dedicarle un adiós o un último pensamiento porque lo único que tenía en la cabeza el grupo de unas veinte personas que estábamos ahí era correr por nuestras vidas, tal y como gritaba un mayor. Y esta vez teníamos mucho miedo. Porque ya no teníamos a los soldados amigos del Vietcong tras nosotros. Todo era ruido. De gigantescas y toscas libélulas que surcaban el cielo de una manera que nada tenía que ver con el grácil y sutil vuelo de una libélula chiquitina. De sus entrañas salían aquellos instrumentos del mal que llamaban bombas y que provocaban enormes estallidos que hacían saltar tierra y árboles y que en ocasiones hacían que una persona explotase, saliendo sus miembros despedidos de una nube inmensa de polvo salpicada por el rojo de la sangre. Pero, una vez más, pudimos refugiarnos en las protectoras entrañas de la madre tierra. La gran cueva volvía a ser nuestro refugio. Mamá me cogía de la mano y me sonreía una vez más. Respiré hondo. Conseguimos calmarnos, aunque a nuestro alrededor las voces eran un torbellino de rabia y sed de venganza. Mataría a esos cerdos americanos con mis propias manos si bajasen ellos en lugar de mandar sus helicópteros. Cobardes. Suerte que el Vietcong nos liberará. ¿El Vietcong? ¡Maldito sea el Vietcong! Enterraron vivo a un vecino solo porque tenía tierras. Era una buena persona… ¡Malditos todos!

Mamá me daba la mano y me susurraba. Sentía cómo los dos nos introducíamos en una grande y hermosa flor de loto. Suave y delicada, pero infranqueable al mismo tiempo. Aparte quedaba el torbellino de odio y su sonido ya no nos alcanzaba. Mamá me decía que tenía pocas cosas claras, pero que en cualquier batalla pierden vencedores y vencidos y que pensase de la mejor forma que pudiese porque con nuestros pensamientos creamos el mundo. Antes de poder salir de la cueva porque ya parecía seguro hacerlo, agradecimos estar vivos. Y alguien malhumorado murmuró tras nosotros: estúpidos budistas…

Y de nuevo volví a encontrarme ante el espejo. Bueno, volví a encontrar al niño y quise saber si era feliz. Me comuniqué con él mentalmente, tal y como lo había hecho todo el tiempo. Supe que lo era y su rostro lo reflejaba en el espejo. Entonces, también mentalmente, le pregunté dónde estaba en realidad en aquel momento. Y su imagen desapareció dando paso a la mía. Y del baño volví a la cama y lo siguiente que recuerdo fue despertarme en ella como cualquier otra mañana.

EPIDEMIA

Antón estaba visiblemente contento. Nunca había tenido tantas ganancias en su taberna como aquel año. Ahí se agolpaba todo el pueblo. Tenía que reconocer que a veces era un poco agobiante, pero, en los cuarenta años que llevaba trabajando ahí, no había visto nada igual. Gente que en otras circunstancias jamás pisaría la taberna, ahí estaba. Como Juanito el austero. Como el párroco don Demetrio. Como Tomasa, la ilustre viuda de don Ramón. Como los niños curiosos, a los que había que echar de vez en cuando.

Todo llegó con ese invierno. No fue un invierno cualquiera: fue el glorioso invierno que trajo consigo la epidemia. Y, con ello, el fervor de todo un pueblo por contagiarse. También el recelo de una población que quería proteger su enfermedad endémica, porque decían que era originaria de ahí y no querían que vinieran de otra parte y agarrasen algo que no era suyo. Era un secreto que no debía salir de aquel pueblecito aislado en una zona árida y rocosa, sin gran interés turístico y con unos inviernos gélidos. El médico don Damián, convencido por el resto de vecinos, decidió mantener en secreto la incidencia de la nueva enfermedad.

Antón sirvió su jarra a Paco, al que siempre miraba con admiración desde su contagio. Fue el primero. El pionero. Solía estar rodeado de gente que deseaba la transmisión del misterioso germen o bacteria que había provocado todo. Pero los caminos de la enfermedad eran insondables. Se contagiaba quien menos lo esperaba, muchas veces sin haber estado expuesto a otros enfermos. Paco se aclaró la garganta y toda la taberna enmudeció. Entonces habló:

¡Oh pueblo querido, oh pueblo amado!

por ti brindo exaltado.

Bellos son tus promontorios rocosos,

bello tu arduo suelo,

pero es la gente de esta taberna lo que yo más quiero.

Mi buen Antón, mi Antón amado,

desearía otra jarra,

pero yo la cartera he olvidado.

Es cierto que la enfermedad no le había hecho abandonar el alcohol, pero ya no era un borracho cualquiera. Ya no se dormía en el primer banco que encontraba por la calle ni se tambaleaba con su cerveza. Ya no hablaba sin vocalizar y diciendo improperios. Ahora siempre decía cosas bonitas y hablaba en verso.

De repente, por la puerta de la taberna apareció Manolo, el segundo contagiado. Tras él iba una docena de niños. Los adultos despejaron dos mesas para que todos pudieran sentarse en torno a un precioso ajedrez de madera con el que el anciano Dimitri había obsequiado a Manolo, emocionado al comprobar su increíble capacidad táctica. — Tú llevas años engañando a este pueblo, tovarich - le había dicho el anciano. — Yo estoy enfermo, Dimitri — había respondido Manolo resignado. Manolo, que pasó de la noche a la mañana de ser el tonto del pueblo a ser un cerebrito del ajedrez y del cálculo mental, decidió hacer uso de su nuevo talento para enseñar a los niños estas dos nuevas habilidades.

Y, al fondo de la barra, sentada en un taburete y con la expresión etérea que le había dado la enfermedad, estaba Serafina. Atendiendo a dos vecinos que habían discutido, escuchándoles con atención e intentando apaciguar los ánimos.

— Quien lo iba decir — comentaba Juanito el austero a Antón — la Serafina, que no callaba ni debajo del agua y no dejaba de malmeter y ahora que está enferma le da por escuchar a los demás y aconseja que da gusto. Como el oráculo de Delfos, oye.

Con el tiempo, la enfermedad se propagó. Los síntomas comunes en todos los casos eran cinco días de sueño profundo. Al despertar, todos los enfermos habían experimentado un cambio importante en su comportamiento, siempre para bien. Se dio por sentado que la enfermedad era crónica. Por desgracia, no fue así. El invierno siguiente llegó y con él se llevó la epidemia. Entonces la gente volvió a ser tal y como era antes de desarrollar la enfermedad. Aquellos que habían estado enfermos perdieron el recuerdo de su enfermedad y los vecinos que contaron lo que habían presenciado fueron tomados por locos. También don Damián con los informes sobre sus pacientes. Antón recordaba con amargura cómo su pueblo se convirtió en el hazmerreír con sus historias, cuando podía haberse hecho famoso si no hubiese decidido, por pura avaricia, ocultar su enfermedad.

Y ahí, al fondo de la taberna, impertérrita, seguía la vaca Juliana. Tal y como había estado año tras año. Observando el panorama.

HISTORIA DE UNA MENTE

He invadido su mente. La estoy manipulando y quiero ser su dueña absoluta. Ansío un poder totalitario en los humanos y una solo puede tener ese poder controlando su mente. Es su último bastión y lo que los diferencia del resto de criaturas. Me gustan las cabezas pensantes. Sí, prefiero arrasar un terreno fértil que encontrarme con un terreno yermo en el que mi fuerza desoladora apenas se perciba. Ahí donde haya personas que den vueltas a las cosas, ahí es fácil encontrarme. Me enredo en espirales desordenadas de pensamientos de todos los colores.

Me gusta enredarme donde hay un gran enredo y me acabo de topar con uno bueno. El colorido es espectacular y, creedme, único. Siempre dicen que todo lo que hay en la mente tiene relación con algo del mundo exterior. Por mucho que inventen, nada parte de cero. Hay una base ahí afuera. ¿Siempre? Este amplio abanico de colores me hace dudar. Yo que creía haberlo visto todo y no puedo describir los colores que veo al carecer de referencias previas en la naturaleza y en lo creado por el ser humano... No se trata de una mezcla de colores ya existentes. No es eso. Son colores nunca antes vistos; puros, cada uno con una vibración diferente, componiendo entre todos una melodía perfecta. Es algo inconcebible e inefable.

Esta mente está frustrándome a mí, la gran frustrante. Podría retirarme, pero me gustan los desafíos. A mí, capaz de hacer añicos diamantes en bruto. Una vez que me instalo, es difícil echarme. Siento los sentimientos que provoco. Me alimento de emociones negativas y prolifero con ellas; la alegría me encoge a pasos agigantados.

Sin embargo, tengo una gran capacidad para sembrar preocupaciones, inquietudes y miedos y unirlos en una gran cadena que cobra fuerza para convertirse en una ráfaga. Una ráfaga que a su vez se transforma en un ciclón que toma un rumbo devastador.

Acecho cuando veo el momento propicio. Y ahora lo es. Esta lluvia, este gris continuo, este frío, estos árboles desnudos. La mente raras veces se aísla de la realidad de su entorno. He provocado sentimientos de tristeza en la persona que intento poseer. Siente la penumbra de telón de fondo, aunque evite darle importancia. Pero ahora que es de noche y se encuentra sola, siente tanto la oscuridad exterior como la de su propia alma. Esta luz artificial, clínica, de poco le sirve. ¿Y qué hace? Empieza a llorar. Deja que las lágrimas broten por sus mejillas sin contenerse. Llora largo y tendido. Una lluvia intensa cae sobre los pensamientos. ¡Maldición! Todo se está limpiando. Ha desaparecido la estela de polvo gris que dejo a mi paso mientras voy maquinando el golpe perfecto. Los colores vuelven a brillar con una intensidad renovada. La persona ha salido a flote, ha evitado su propio naufragio liberando una tempestad interna. Ahora se siente tranquila y en paz. Sonríe, sonríe pensando en lo boba que ha sido al llorar. Seguramente aquello que sentía antes no era para tanto. ¿Qué no soy para tanto yo, la depresión?

Y ahora se dice que llorará todas las veces que haga falta, que llorar es de valientes. Y yo, derrotada e impotente, me marcho para nunca más volver.

INTENCIONES AVIESAS

— Como puede comprobar, señor Rodríguez, es un salón muy amplio y señorial. Todo el mobiliario pertenece al siglo XVII y tiene un gran valor.

— Desde luego. Aquí podría sentirme como un rey. Como le decía, necesito inspiración para escribir mi nueva novela y quizá pudiera encontrarla en esta casa.

— Puedo garantizarle que aquí usted podrá concentrarse. Como puede ver no hay ningún elemento moderno distractor, como pudiera ser una televisión, una radio, un tocadiscos…No hay nada posterior al siglo XVII y todo se ha conservado tal y como estaba.

— Es fantástico. Lo único, tengo problemas con el espectro…

—¿Espectro dice? ¡Oiga! No creerá usted en esas supersticiones…

—¿Supersticiones? ¿De qué me habla?

— No. Yo…Era usted el que ha mencionado el espectro.

— Sí. Me gustaría tomar unas fotografías y tengo algunas dificultades con el espectro de la cámara.

—¡Ah! Era eso…

— Sí, pero creo que a pesar de ello puedo conseguir una buena calidad de imagen. ¿Me permite hacer unas fotos, verdad? Como mi mujer no me ha podido acompañar...Me gustaría enseñarle esto porque no creerá mis palabras. Pensará que mis descripciones del mobiliario son delirios de un soñador romántico.

— Sí, por supuesto. Puede usted hacer las fotos que quiera.

— Gracias, señor García. Muy amable. ¿Sabe cuál es la pieza de mayor valor de la estancia?

— Hay piezas que tienen un valor sentimental especial. Dese cuenta de que aquí han vivido mis antepasados desde hace siglos. Pero en lo que a valor económico se refiere, los tapices y la lámpara de araña pueden ser lo más valioso. También están los candelabros de oro o la mesita de malaquita. Una auténtica delicia.

— Es extraordinario, señor García. Su familia alberga aquí un tesoro. La octava maravilla.

— Gracias, señor Rodríguez, muy amable. Es un tesoro que no debe caer en manos de ningún mercenario.

—¿Mercenario? ¿Qué dice usted de mercenario?

— Cálmese, señor Rodríguez. No pretendía alterarlo. Creo que tiene usted una imaginación exacerbada, supongo que por su profesión. Ahora debe estar imaginando a un grupo de bandidos sanguinarios entrando en la casa, sable en mano.

— Esto... Sí, discúlpeme. Soy muy dado a fantasías y divagaciones.

— No pasa nada. Cada uno tiene sus cosas. Yo siempre he sido una persona muy práctica y rutinaria. Seguro que su vida es mucho más interesante.

— Bueno...No siempre, ¿sabe? Ahora no encuentro inspiración. La inspiración es magia y ahora me veo al borde del abismo y sin ningún truco que valga. Pero sabe...Creo que el espíritu de esta magnífica casa podría poseerme y dar sus frutos... ¿Sabe?

—¡Espíritu! ¡Pero señor Rodríguez, qué cosas! ¿De verdad usted que es un intelectual puede creer que en esta casa hay un espíritu?

— Vamos a ver, señor García... Ahora es usted el que debe calmarse. Hablo en sentido figurado. No me refiero a que pueda haber un espíritu suelto por la casa. Mi fantasía no me ha robado la capacidad de pensar de forma racional. Cuando hablo del espíritu me refiero a la atmósfera que impregna esta casa. ¿Me entiende? Una atmósfera elegante, señorial, exquisita, no sin algo de misterio...

— Ah...Entiendo, entiendo, señor Rodríguez. En ocasiones, yo que soy tan convencional y poco poético, me tomo las cosas al pie de la letra. Ya me perdonará. Hay muchos compradores que se dejan llevar por supersticiones tontas. Siento haberlo metido a usted en el mismo saco. Basta con verle para saber que usted es una persona razonable.

— No pasa nada. Entiendo que haya gente con miedo a los espíritus, pero créame… Yo no soy uno de ellos.

— Mejor. Es una idea absurda.

— Ojalá hubiese aquí uno.

—¿En serio lo está usted diciendo?

—¡Por supuesto! Y dígame, ¿por qué desea vender esta casa a un precio de mercado tan bajo para una casa señorial de tanto valor. En realidad, usted podría vender esta casa por un valor mucho mayor.

— Podría…sí…Pero con la crisis…Ya sabe. El poder adquisitivo de la mayoría de las familias no es tan elevado.

— De la mayoría no. Pero créame. Yo he entrado en muchas mansiones. Mansiones estupendas, alguna con un precio superior a esta casa. Pero, señor García, ninguna puede compararse a esta casa. Usted podría venderla por un precio muy superior.

— Es extraño que me sugiera usted eso.

— No, no. No me malinterprete. Como comprador no estoy sugiriéndole que me suba el precio. Solo que me parece tan extraño que me sentiría engañado por pagar una suma tan pequeña. Pero realmente debería sentirme orgulloso de haber encontrado una ganga así.

— Es usted un romántico. Alégrese de que puede conseguir una casa maravillosa a un precio increíble. No hay que darle muchas más vueltas.

— Tiene razón, señor García. Pero solo vendiendo todas las bonitas piezas del salón ya podría sacar el dinero que pide por la casa completa.

—¿Vender las piezas del salón? ¡Jamás! ¡Jamás!

— Entiendo que tengan un gran valor sentimental para usted, pero cálmese, señor García. Hasta se ha puesto blanco. Pálido como un fantasma.

—¡Calle! ¡Cállese! El fantasma me mataría si vendo algo del salón.

—¿Cómo dice? ¿Que el fantasma lo mataría?

—¿El fantasma he dicho? No, no…No sé por qué he dicho tal sinsentido. Es mi anciano padre el que me mataría si hago algo así. Y, créame, es capaz de ello y es como para temerle.

— Le creo, le creo. No conozco a su padre, pero sé de lo que es capaz un anciano nostálgico. Son capaces de intentar asesinar a sangre fría a un ladrón que pretende llevarse una condecoración de guerra, por ejemplo. Yo he visto eso con mis propios ojos…

—¿Usted ha visto con sus propios ojos a un anciano intentando asesinar a un ladrón?

—¿Eso he dicho? Perdóneme. No, no…Jamás he visto tal cosa. Solo la he escuchado. Pero ya sabe cómo es mi imaginación.

— Comprendo.

MOSCAS EN LA CASA

Verano. California dreaming. Aquella canción sesentera le traía a la memoria la colorida época hippie que nunca vivió porque no nació sino varias décadas después. Pero eso no impedía que tuviese nostalgia de un tiempo que le hubiese gustado ver, sentir y respirar. California dreaming. Entonces que empezaba a hacer progresos con el inglés comprendió que quien cantaba la canción no lo hacía desde California, sino desde otra zona de Estados Unidos, en un día de invierno en el que todas las hojas eran marrones y el cielo gris. California aparecía como una cálida ensoñación en un anodino día de invierno.

Lejos quedaban California, Estados Unidos y la época hippie. Respiró hondo y el aire entró gélido por sus fosas nasales, abriendo sus vías respiratorias igual que cuando tomas un caramelo o una infusión de eucalipto, pasando por sus pulmones, bajando por su estómago y esparciendo una oleada de frescor a su paso. Sí, el frío era intenso y su vello aparecía erizado bajo capas y capas de ropa, pero ese frío provocó un profundo regocijo en su corazón, algo muy dentro de ella se henchía. Creyó ser el ave fénix, sintió la fuerza de la libertad con ese viento del norte que era la llamada de lo salvaje, de lo puro, un retorno a la inocencia. Ahí se encontraba ella, sola, completamente sola frente a la naturaleza.

Bajo sus pies, protegidos por dos pares de calcetines térmicos y sus sólidas botas de nieve cubiertas con piel de ante en la parte superior, se extendía un inmenso manto blanco, inmaculado, de nieve virgen. Al alzar la vista veía la silueta de esbeltos abetos situados a una amplia distancia unos de otros. Centinelas solitarios en un terreno inhóspito. Y, al dirigir la mirada al cielo, se vio atrapada por aquella hermosa nebulosa de luz boreal que se divertía creando mágicas formas envolventes. Parecía como si un pintor hubiese jugado extendiendo con amabilidad y movimientos suaves de su muñeca toda la gama de tonos fríos de su paleta: turquesa, cian, índigo y violeta se entremezclaban y vibraban ante sus ojos. Tenía miedo de parpadear y perderse un solo instante de aquella noche irrepetible, de aquel milagro del Ártico. Aunque sus botas pisaban la nieve, sentía cómo su alma se alzaba para intentar tocar el cielo, para intentar fundirse con la inmensa llamarada helada de color.

— Daniela, aquí tienes un poco de batido con hielo.

Entonces vio cómo su madre se asomaba por la puerta de la habitación con la cara brillante, empapada en sudor. Ella agitó la mano para apartar una de las decenas de moscas que revoloteaban incansables por la casa, vio en su mesilla el viejo ventilador desvencijado que de nada servía y comprobó con sorpresa, cómo, pese a los 40ºC que marcaba su reloj, tenía la piel de gallina.

EL EXTRAÑO SAPO

(I)

Caminaba con paso firme y decidido. El barro cubría sus botas y sus pantalones de camuflaje. Ante él, la inmensidad de la selva amazónica. Una vegetación exuberante, un intenso verde clorofila, un agradable olor a planta húmeda, bañada por las lágrimas del rocío de la mañana. Aspiró como queriendo embriagarse de aquel aire que era todo salud y pureza. De fondo, el relajante sonido de unas pequeñas cascadas que se deslizaban tras las enormes hojas de unos imponentes helechos. Se arrodilló agradecido, como queriendo alabar a la madre naturaleza por permitirle ser testigo de aquella maravilla.

(II)

Allí se encontraba sentado junto a un grupo de indígenas prácticamente desnudos que bebían de unos pequeños cuencos de madera una intensa y ácida bebida roja. Apenas hablaban entre ellos, pero habían ofrecido a Óscar su bebida y parecían pacíficos y hospitalarios. Se entendían por gestos, o más bien por sonrisas. Los nativos sonreían con amabilidad y él les devolvía la sonrisa. Reían a carcajadas al ver su vestimenta. Les parecía ridículo que alguien se cubriese tanto. De repente, se oyó el croar de un sapo. El sonido parecía amplificado, como si el sapo hubiese emitido su característico croar desde un altavoz. Los nativos se arrodillaron, haciendo señales a Óscar de que hiciese lo mismo y él obedeció. Al cabo de unos segundos, un sapo gigante apareció ante los ojos de la muchedumbre, que empezó a alabarlo en una especie de trance. Óscar miró a los ojos del anfibio y vio en su iris un color verde similar a su pantalón de camuflaje, mientras que dos anillos: uno amarillo y otro rojo, rodeaban las pupilas negras de la curiosa criatura. Los anillos parecían ejercer un efecto hipnótico. Al mirarlos, se sintió en comunión con su entorno, experimentando una especie de éxtasis.

(III)

No podía parar de dar vueltas por la habitación. Todo estaba construido con madera de la selva amazónica. No era un cuarto grande, pero era acogedor y muy luminoso. Apenas había decoración, tan solo una especie de figura de madera abstracta y de aspecto tribal colocada en la mesilla. Y, en el interior de un saco gigante en el centro de la habitación, podía contemplar cómo dormía el sapo. Había podido capturarlo y sedarlo, pero temía los poderes de aquella misteriosa criatura, que despertase en cualquier momento y se vengase. Pensó que si pudiera pensar de manera razonable se desharía de ella, pero su sola presencia ejercía un fuerte poder mental. Se sentía poderoso y sentía que su poder emanaba del sapo. Sin embargo, este poder generaba en él una gran dependencia. Tenía la sensación de ser inmensamente feliz, pero para ello necesitaba al sapo. Lo necesitaba y tenía una fe inquebrantable en su poder divino. Tenía que llevarlo allí donde fuera: lo adoraría, lo alabaría, haría lo que él le pidiese. No había vuelta atrás: seguiría el camino místico del extraño sapo.

(IV)

En el teatro no cabía un alma. Todas las entradas se habían agotado prácticamente el día de salir a la venta y mucha gente había hecho negocio de una reventa a precios desorbitados. Podía verse gente de todas las edades y estilos: señoras mayores con abrigo de visón y colonias pesadas, chicos y chicas jóvenes con estilo informal y olor fresco o a tabaco, señores de mediana edad con olor a sudor o niños con olor a regaliz y gominola. Pero todos coincidían en algo: al abrirse el telón, guardaron silencio. Era un silencio expectante y devoto, como el de un pueblo que espera a su mesías. Y, de repente, de una explosión de humo de colores violeta e índigo con olor a azufre y a nube de algodón, apareció el gran mago Oskarius, con su sombrero de copa, su traje y capa negros y aquellos enigmáticos ojos verdes que se veían en la oscuridad como los ojos de un gato en un callejón nocturno, con sus pequeños y curiosos anillos de color amarillo y rojo alrededor de la pupila...De fondo, el sonido de un croar, demasiado intenso para proceder de una rana o sapo corrientes...

(V)

La sala era enorme, con suelos de mármol y esbeltas columnas dóricas. Una enorme lámpara de araña de cristal resplandeciente colgaba del techo en el centro de la sala. Y, en torno a la lámpara y formando un círculo perfecto, un grupo de doce personas cubiertas con una túnica y capucha negras. De alguna parte, se esparcía un humo blanco que traía consigo un aroma a incienso de mirra. La semioscuridad de la sala hacía imposible distinguir los rasgos de los allí congregados. Todos estaban en silencio, nadie hacía ni un solo movimiento y su respiración era apenas perceptible. De repente, una nube de humo violeta e índigo con olor a azufre y a nube de algodón apareció en el centro de la sala y se desvaneció hasta dar lugar a una enigmática silueta con traje negro y sombrero de copa, ante la que todos se inclinaron.

— Vengo a pedir opinión a mi consejo de sabios – dijo solemnemente la voz.

(VI)

El local no era muy grande, pero estaba abarrotado de gente y había bastante bullicio. La gente se agolpaba en la barra para pedir todo tipo de cervezas. En la pantalla de televisión, las noticias. Una extraña moda había invadido el mundo entero, e incluso presidentes y primeras damas de todos rincones del planeta llevaban símbolos diferentes en los que se mostraba un sapo: ya fuese unos gemelos, unos pendientes o un collar o bien camisetas con el rostro de un sapo en el caso de las estrellas de rock.

Y, junto a la puerta de entrada del bar, una nevera. La nevera contenía cervezas de importación y artesanas de trigo, lager, lámbicas, IPAs, belgas de abadía, alemanas con su ley de pureza...El bar desprendía aromas a cereal o pan recién amasado, a cítricos, miel o regaliz, todo dependiendo de los aromas característicos de cada cerveza. Y sobre esta magnífica nevera, la estatua de un enorme sapo de ojos hipnóticos. Junto al sapo se hallaban objetos de lo más diverso, que parecían habérsele depositado como ofrenda. Y, entre esos objetos, una oración que rezaba así:

"Amado sapo nuestro que estás en la nevera, santificada sea tu oligofrenia, venga a nosotros tu birra, líbranos de la resaca igual que nosotros nos libramos de los que no beben.

¡Siempre en la tentación y quédate siempre en el bar!"

PASO APRESURADO

La chica

No pienses. No pienses. Camina despacio, respira hondo y relájate. Hay momentos en los que se puede dejar la mente en blanco. Pero, maldita sea, ahora no ocurre. Cuando más lo necesitas. No te pares o alguien se chocará contigo. No es el momento de detenerse. Ni tampoco de acelerar, porque mírate, vas nerviosa, caminas dando grandes zancadas, tus brazos se mueven de forma desacompasada, acabas de empujar a una señora que ha mirado indignada y no has pedido perdón ni nada. Ya no guardas las formas. Pasa una muchacha adolescente casi tan rápido y tan alterada como tú. Tiene un cabello largo y liso que oculta su rostro y una mochila a la espalda. Deja un aroma dulce de vainilla a su paso. Se disipa el olor del perfume y vuelve el de la humedad. Es agradable el olor a humedad cuando, como ahora, hay árboles y arbustos cerca y salen sus aromas con más nitidez. A la derecha, una tienda de ropa de señora. Elegante. Con abrigos de piel, sombreros, bolsos, estampados de tigre. 30% de descuento, pone. Aún con todo es seguro que es un precio desorbitado, pero por esta zona ya se sabe...Muy bien, muy bien. Has bajado el ritmo, puede que camines como una persona normal. Pero no lo sabes. Quizá sí. Quizá no. ¿Cómo podrías saberlo? La gente no te mira, no porque tu comportamiento sea normal, sino porque nadie está pendiente de nadie. Y es lo mejor. Sí, cada uno está a sus cosas, nadie va a mirarte. Para bien o para mal y ahora, para bien, pasas desapercibida. Uno sí te ha mirado. El viejo del sombrero que ha estropeado el frescor del ambiente dejando un fuerte y seco olor a alcohol. Pero te ha mirado sin ver, perdido en un estado de embriaguez que apenas le mantiene en pie. Y te apartas rápidamente. Sientes asco. Te hueles la muñeca derecha. Tú no eres como el borracho. No, tú hueles bien, a cítrico. Conservas el rastro de tu perfume. Los nervios no afloran en tu olor. No se nota. Bien pensado, es curioso que un borracho te de asco. Pero bien pensado, deja de pensar. Ahí está el cajero de tu banco, en cuanto cruces el paso de peatones. ¿Qué haces? Pasar de largo. Además, tienes suficiente dinero en efectivo, tienes una tarjeta con la que puedes pagar en todas partes. Ahora seguro que has aminorado el ritmo. Tus mejillas ya no están calientes, seguramente antes estaban coloradas y ahora puedes sentir el viento de la calle. Hace unos minutos tú eras un huracán y no te dabas cuenta del viento porque lo arrasabas a tu paso. Ahora tienes la percepción que tendrá el resto de la gente de que hace frío. Todos van abrigados y nada parece sobrarles, no como a ti. Ahora te abrochas el abrigo, estás entrando en comunión con tu entorno. Sonríes. El pensar que ahora sí eres una más te reconforta. A tu izquierda está la terraza desierta del restaurante. Aunque el tiempo es cambiante, parece que el frío ha llegado para quedarse y los dueños deberían ir pensando en retirarla. A tu izquierda está el cartel, en letras gigantes, con los tres menús que se ofrecen en el restaurante y sus tres precios diferentes. Has probado dos veces el más asequible, que aún así no es barato, pero tiene buena relación calidad-precio. Te viene al paladar el sabor de sus ricos postres caseros, de aquel bizcocho esponjoso y esa crema pastelera que sabe igual que la crema de tu infancia, la crema de tu abuela. Pero esa dulce regresión te devuelve ahora de forma perversa a la situación actual y te revela sin tapujos la cruda realidad que te estás ocultando: lo has matado. Lo has matado y además a sangre fría.

El señor

Y aquí voy, otra vez siguiendo un impulso extraño, algo en mi subconsciente que me arrastra hacia la tempestad, algo que siempre me da una inquietante sensación de frío y vértigo. Pero no lo puedo evitar. Ella ha pasado con la fuerza de un huracán y me ha hecho ir detrás, me ha arrastrado sin quererlo. O quizá es así como quiero verlo y pensar que si mis decisiones no son motivadas por la razón, lo son por algún elemento místico y loable. Pero la realidad pudiera ser que el motivo fuese de lo más primario. La chica es muy guapa y cualquier hombre me daría la razón. Su mirada es algo esquiva y desangelada. A pesar del frío, lleva un abrigo desabrochado que deja entrever un generoso escote que no pasaría desapercibido a cualquiera que prestase un poco de atención. Pero la gente va a lo suyo. O yo me he convertido en un viejo verde. Sus mejillas coloradas, seguramente por su paso apresurado, le dan una gran vitalidad y un aspecto saludable. La sigo y la sensación no me es desconocida. Deja una estela fresca a su paso. Muchas chicas usan perfumes dulces y cargados, pero el de ella es ligero como su andar y con un toque ácido. Empuja a una señora. Ni se inmuta. No pide disculpas. Continúa. Pasa junto a una colegiala de lo más corriente, también con prisas, pero seguramente por otro motivo. Mira el cartel de una tienda de señora en la que todo está al 30%. Lo hace con interés contenido. Pasa un borracho que se tambalea. Ella se aparta. Parece oler el perfume de su muñeca. A esta distancia no lo aprecio, pero seguro que el borracho olía mal. Aminora su marcha y yo con ella. Poco a poco, su paso desacompasado se transforma en una suave y seductora cadencia. Es como si volviera a ser dueña de sí misma. Como si ya no necesitase huir de nada. Ahora parece sentir el frío como el resto de los mortales que deambulan por la calle. Se tapa. Se fija en la terraza del restaurante y en los menús que hay en sus enormes carteles. Está leyendo el menú más asequible y no advierte mi presencia. Yo leo el de al lado. Entrantes variados. Ensalada de rulo de cabra con nueces. Dorada al orio. Observo cómo lee con calma y, por la dirección de su mirada, puedo ver que está recordando algo. De repente, sus ojos se encuentran cara a cara con algo terrible y siento una fuerza violenta, más violenta que lo que me impulsó al principio, algo mucho más nítido. Me veo al borde de un enorme acantilado y el estómago se me revuelve en una sucesión de gigantescas espirales concéntricas. Lo mismo que sucedió una década atrás con Emma, la viuda negra. Tu instinto de detective te ha traído aquí. Ya estás retirado, pero lo llevas en la sangre. Y debes actuar. No puedes dejar suelta a la asesina. Tú sabes cómo hacer que confiese un crimen que desconoces.

EL GUÍA

Se estaba haciendo tarde, por eso insté al grupo a continuar más rápido. El Sol ya estaba bajo y el jefe podía regañarme sin la más mínima empatía, cosa que puede que estuviese haciendo yo entonces con el grupo ante mí, que incrementaba su ritmo obediente y yo, dedicado guía, lo seguía de cerca, y todo era igual que cualquier día. Salvo por el detalle de que se había extraviado un miembro, al que había encontrado minutos antes. El motivo de nuestro retraso. Percibí un leve aroma a humedad, por ello barrunté que pronto habría lluvia, pero ya no nos alcanzaría. También las hormigas lo presentían, regresando en estampida al hormiguero, con hojas más grandes de lo habitual.

Y ya, llegando al pueblo, se acercó un individuo ajeno al grupo blanco, tambaleándose, luciendo una gruesa joya de destellos dorados en la muñeca y apestando a vino destilado. Le grité, pero no se alejó. Y, entonces, se acercó con movimientos torpes, como queriendo agarrar con sus toscas manos a uno de los míos. Corrí sin dudarlo y le mordí en la pantorrilla. Huyó profiriendo un alarido de dolor y yo, dedicado guía, pude devolver mi grupo al pastor.

EL VECINO

Podéis llamarme JR y soy quien va a contar esta historia. No quiero llamar la atención sobre mi propia persona como narrador, porque eso sería inapropiado y solo quiero que prestéis atención a los hechos tal y como ocurrieron. Tan solo quiero que sepáis que todo esto es verídico y no digo que si fuese inventado las cosas careciesen de interés y no mereciese la pena prestarme atención. Pero el caso es que todo es real como la vida misma.

Hace muchos años que me jubilé, sin ser mayor, y vivo tranquilamente en un acomodado piso del que solo salgo para hacer la compra y donde me siento feliz rodeado de libros, los dibujos que trazo a lápiz, un proyector donde me gusta ver películas de cine clásico y unos prismáticos muy precisos con los que a veces me gusta observar a los vecinos. Lo último no es una acción muy loable, lo sé. Me he vuelto un viejo cotilla. Cuando llegaron los tiempos del coronavirus, apenas nada cambió en mi vida. Seguí en mi piso y en lugar de salir a comprar de vez en cuando, decidí hacerlo online para evitar riesgos y aprovechando que mi vulnerabilidad a la enfermedad me daba preferencia a la hora de que me enviasen las compras a casa. Me manejo bien con las nuevas tecnologías para cosas prácticas. Observaba a los vecinos del bloque de enfrente y tampoco constaté grandes cambios. También eran en su mayoría personas mayores y acomodadas que no habían variado mucho sus rutinas, a excepción del paseo diario y que, a lo sumo, daban más vueltas por la casa para activar la circulación. Pero sí hubo una persona que captó mi atención enseguida por su situación (estaba justo enfrente de mí), por su juventud (era una persona en edad de trabajar) y por su escasa presencia hasta ese momento en su edificio. Era un hombre de negocios que apenas paraba por casa, seguramente por lo ajetreado de su oficio. Ahora podía observarlo y mis prismáticos captaban con detalle sus gestos y las muecas de su cara. Nunca había visto un rostro tan transparente y expresivo desde las películas de cine mudo. Esto me intrigó tanto que se convirtió en mi principal pasatiempo. Empecé a leer no solo el rostro, sino también los pensamientos de mi vecino y me introduje en él, empecé a ser parte de su ser de modo que ahora puedo ser un narrador omnisciente sin necesidad de imaginar cosas.

Encierro, reclusión, aislamiento. Angustia, claustrofobia, soledad. Todas esas palabras acudían a su mente los primeros días. Días y días acumulando noticias, artículos en los que solo se hablaba del virus, de los enfermos, de los muertos. De economías colapsadas a escala mundial. De cantos a la resistencia que le hacían presagiar lo peor, trayendo a su memoria a los músicos del Titanic poco antes de que el inmenso transatlántico se hundiera.

Pero, poco a poco, se fue creando una coraza a la que ningún iceberg podría hacer la más mínima fisura. Había sido presumido, pero al mes y medio de estar en casa y no haber podido solicitar los servicios de ningún peluquero, decidió que sus raíces blancas le daban un aspecto maduro que no estaba mal y que mejor sería prescindir de peluqueros en adelante, que no teñiría su pelo y ni siquiera lo cortaría. El cabello le crecía con fuerza, nunca se había dado cuenta del vigor y la rabia que en realidad tenía. Lo mismo que sus barbas, que siempre había afeitado con esmero para que su prometida no se quejase de que pinchaba, para que sus ultraconservadores suegros no creyesen que era un hippie, un hípster o algo que sonase a moderno. Para tener una imagen que le restara años y con la que podría venderse mejor al negociar en representación de su innovadora empresa.

Los primeros días se lamentaba de su desdicha, de haberse quedado solo precisamente en aquellos extraños días. De no tener con quién hablar cara a cara, de no seguir una rutina marcada. De no poder airearse si no era saliendo a la terraza. La simple idea de pensar que podía aburrirse ya le producía aburrimiento. Al principio salía a la calle con cualquier excusa, aún a sabiendas de que no era bueno salir y volver con una simple barra de pan debajo del brazo un día, con un paquete de pipas otro o con tres limones el siguiente. Con el tiempo decidió seguir las recomendaciones del gobierno y hacer una compra grande cada vez que salía.

Una mañana se dio cuenta de que levantarse y salir a la terraza cuando salía el sol y no antes no estaba mal y, si por él fuera, siempre sería así.

Empezó a desayunar en la terraza, quizá para oxigenarse, y un día olvidó su móvil en el salón y decidió no ir a cogerlo. Entonces disfrutó sin interrupción y plenamente concentrado del aroma tostado de su café, del sabor resbaladizo de la mantequilla, del gusto grumoso de la mermelada que la cubría y se sintió como si fuese un niño y ese fuese su primer desayuno. Un desayuno que podía extender en el tiempo y paladear con calma, sin interrupciones ni prisas. Sintió cómo había perdido tantos y tantos desayunos por hacerlo de manera mecánica y con los minutos contados, sin un ritual conveniente que hiciese honor a tan sublime momento. Decidió que a partir de entonces honraría el desayuno.

Su cabello crecía a medida que sus ojos asustadizos iban adquiriendo una determinación valiente. Se dio cuenta con asombro de que se podían leer libros que no fuesen de economía y, en unos tomos antiguos que parecían una herencia milenaria de tapas duras y hojas que se desprendían al pasarlas, descubrió que existía algo llamado filosofía. Y se sujetaba la cabeza pensativo, arrugando el ceño y sumergido en lo más profundo de sus entrañas, quizá por primera vez en su vida. Lo empecé a escuchar encolerizado cuando hablaba por teléfono. Ya no prestaba atención a su indumentaria ni cuando hacía videollamadas. Se preguntaba cómo él mismo se había podido comprar aquella horrible corbata burdeos con la que ponía el broche a su traje los primeros días que salía a la terraza, como si en cualquier momento le fueran a llamar para salir al trabajo, a pesar de que el encierro iba a durar. Ahora salía en pijama, prenda con la que descubrió que se sentía a gusto e identificado y acariciaba su barba pensando con satisfacción que algo suyo, fuerte y rebelde crecía.

Un día, salió a la terraza y lanzó un anillo enérgicamente hacia el parque que se extiende ante el hueco que separa nuestros bloques. Su mirada era segura y su cuerpo se erguía con orgullo.

Salía a la terraza, habiendo abandonado casi por completo el móvil, que antes era como una parte más de su cuerpo, más necesario incluso que la corbata burdeos. El viento ondeaba su recia e impetuosa melena, su mirada aparecía curtida y adquiría profundidad y su barba crecía con una fuerza indómita.

Otro día lanzó su móvil al jardín, dejando escapar un grito de júbilo, con la mirada llena de ilusión y esperanza, como un náufrago que daba todo por perdido y al que ahora iban a rescatar. Y, en ese preciso instante, me vio. Yo lo miraba sin necesidad de prismáticos. Y él sonrió, con una sonrisa franca, sincera. Y yo lo miré y me pareció que mi expresión debía de ser la misma. Que la longitud de nuestra melena y de nuestra barba era la misma. Que él se había transformado en mí, que acaso éramos la misma persona. Que el bloque de enfrente era un espejo que me devolvía mi imagen en la lejanía.

EL OTRO LADO

Había visto muchos tipos de grietas: las grietas que se forman en la tierra árida, las grietas que hay en las casas antiguas, las grietas que aparecían en las manos de su anciano abuelo en invierno...No le gustaban las fracturas, los resquebrajamientos, los cortes. No importaba si un terreno era llano o abultado mientras no presentase fisuras. Al mirar las grietas de las paredes, nunca hubiese pensado que una grieta pudiese cerrarse si alguien no intervenía. Es más, siempre había creído que si aparecía una grieta, quizá en poco tiempo aparecerían más, al igual que cuando apareció la primera cana en su oscuro cabello.

Aquel día se quedó absorto contemplando la grieta que había aparecido en su habitación al volver a comer después del trabajo. Una enorme grieta había surcado la pared en la que se apoyaba su cama desde la esquina superior izquierda hasta la esquina inferior derecha, dividiendo la pared en dos grandes triángulos rectángulos perfectos. La grieta no era una grieta cualquiera. No era una de esas grietas ligeramente curvas e irregulares, que en ocasiones aparecen incluso ramificadas. No. Aquella grieta era una línea perfecta, como si alguien la hubiese abierto con un instrumento de precisión matemática. Mediante un corte limpio.

¿Cómo? ¿Por qué? Al aproximarse a la grieta notó una especie de vibración. Al acercar su mano sintió una fuerza similar a la de la gravedad cuando saltas y la Tierra te atrae hacia el suelo y retiró su mano alarmado. Cuarenta años. Cuarenta y nunca había pasado nada digno de mención en su vida. Se levantaba pronto, iba al trabajo, volvía a casa. Acaso por las tardes iba al bar para conversar con la gente de siempre de los temas habituales. Y un buen día, una extraña grieta dividía la pared de su cama en dos triángulos rectángulos de forma precisa e inquietante. Y no solo eso, la grieta tenía energía, una fuerza de atracción a la que quizá podía dejarse arrastrar. ¿Qué podría pasar?

Podía quedarse mirando como un pasmarote como había hecho toda su vida. Podía llamar a unos albañiles para que la tapasen. O podía arriesgarse y acercarse, sentir la fuerza. Colocó su mano en la grieta y observó cómo esta era absorbida. La sacó. Ahora estaba convencido de que podía pasar al otro lado si se dejaba arrastrar. Quizá podía introducir la cabeza y observar lo que había. Si no le gustaba lo que veía, siempre podría volver a su habitación. Sí. Podía hacer eso. Acercó su cabeza para entrar, pero la fuerza era tan grande en ese momento que arrastró todo su cuerpo al interior. Una vez dentro, se sintió impulsado hacia un vacío enorme, sintió vértigo y probablemente se desmayó. Cuando volvió a abrir los ojos, flotaba con mayor lentitud en el aire, en un espacio con luces de color azul y violáceo. En el breve espacio de dos segundos, pudo ver una persona que se aproximaba hacia él, pero flotando impulsado por una fuerza que lo llevaba en sentido contrario. Cuando esta persona estuvo más cerca, se dio cuenta de que era él mismo. Era él mismo tal y como lo mostraba el espejo, tal y como aparecía en las fotografías. Solo su indumentaria era distinta, ya que llevaba una especie de túnica plateada y su largo cabello recogido. Vio como esa persona idéntica a él también lo había visto y presenció cómo su yo de la túnica tomaba su mano sonriéndole, al tiempo que se marchaba flotando hacia el otro lado. Le hubiese gustado poder hablar con esta persona, pero la fuerza era unidireccional y no podía hacer nada sino dejarse llevar hacia adelante y no tenía ninguna capacidad de resistencia, aunque ya no se trataba de un movimiento violento, sino de un suave flotar en un espacio cálido y de luces agradables, sin ninguna presencia material, quitando el breve instante en que su doble había aparecido y le había tocado.

Pasaron unos breves instantes hasta que entró en una habitación. Se volvió y vio su propia habitación. O una habitación con una distribución muy similar. La cama era un simple colchón grande con un almohadón y ante él, la grieta oblicua que cruzaba la habitación desde la esquina superior izquierda hasta la esquina inferior derecha. Se acercó a tocar la grieta, pero esta se cerró dando paso a una pared uniforme. Así, de espaldas a la puerta, veía una ventana al lado izquierdo y una estantería llena de libros a la derecha. Igual que en la habitación de su casa. Solo que aquí la ventana era circular y en la estantería no estaban sus libros habituales, sino otros. Se asomó a la ventana y el parquecito era un frondoso bosque. Tomó uno de los libros de la estantería. Tenía tapas duras y una imagen similar a un cuadro abstracto. Al abrirlo, el libro emitía calor y ondas. También una luz cambiante. Seguramente esta combinación tenía un significado que él desconocía.

El ambiente de la habitación inspiraba paz. Por la ventana podía ver el bosque. Bello, frondoso. La cama era sencilla y cómoda y las paredes tenían un suave tono violeta, a diferencia del color crema de su antigua habitación. Ahora estaba en un nuevo lugar y la grieta de paso al otro lado se había cerrado, dejándolo atrapado ahí, no sabía si en otro tiempo. Puede que las diferencias se debieran a estar en otro lugar, pero no en otro tiempo. O quizá ambas cosas habían cambiado. La puerta estaba exactamente en el mismo lugar en el que había estado siempre. De repente, se entreabrió con suavidad y por ella se asomó la cabecita de una señora idéntica a su madre: con los mismos ojos y la misma sonrisa. Solo su cabello era diferente porque lo llevaba suelto cayendo sobre sus hombros, en lugar de recogido, y vestía una especie de túnica plateada. En sus brazos, un animal peludo y rechoncho similar a un gato lo observaba con sus enormes ojos grisáceos. Sin embargo, su hocico emitió un ladrido idéntico al perro de su madre cuando entraba un desconocido en casa…

UNA PENA

Cuando don Ramón se levantó aquella mañana y se miró al espejo, se vio sin cabeza ni cuello que la sostuviera, sabe Dios con qué ojos invisibles. Y pensó que se había vuelto loco. Salió a despejarse. Los vecinos lo saludaron y contestó con su boca invisible, pero nadie pareció ver ninguna diferencia. Sí se extrañaron cuando sus pies juguetearon con una lata de Coca-Cola abandonada en el suelo, cuando sus manos acompasadas intentaban seguir un ritmo de tamborilero en la prominente y flácida barriga del señor alcalde o cuando su huesuda rodilla se hincó con gracia en el tieso trasero del señor cura. Entonces un espectador confirmó la veracidad de su siniestra visión murmurando: don Ramón el bibliotecario ha perdido la cabeza.

IMPACTO

Y un vacío ensordecedor recorría las calles de la ciudad. Sobra decir que durante el día había hecho sol, siempre había hecho sol. Sobra decir que el Sol caía con peso de plomo sobre la ciudad acorazada que le hacía frente. Sobra describir la ciudad y su paisaje, qué más da el nombre que tuviese. Era una ciudad como cualquier otra ciudad de la Tierra: con edificios de pisos, rascacielos, asfalto y, ahí donde no crecía el asfalto, lo hacía una tierra árida, a veces pedregosa y otras no, pero siempre resquebrajada por la sequía. De vez en cuando sobrevolaban helicópteros que esparcían agua desde el cielo y, en la Tierra, enormes cañones lanzaban nieve artificial. La ciudad olía a metal pesado, asfalto mojado y crema solar Ultraprotect. En el país, Ultraprotect tenía el importante monopolio de la crema solar. En algunos países, alguna otra marca tenía el monopolio. Y en otros países, varias marcas competían por hacerse con un mercado dirigido al 100% de la población, como el mercado del agua embotellada. Podía prescindirse de otra cosa, pero nunca de agua ni de crema solar.

Rodolfo salía como la mayoría de la gente: cuando los últimos rayos del astro mortífero habían desaparecido. La gente que salía a la calle durante el día lo hacía embadurnada con capas y capas de la densa y pastosa crema solar que no dejaba penetrar los dañinos rayos ultravioleta que se filtraban a través de la finísima capa de ozono. Siempre había sido así. En sus casi 50 años de existencia, esto se repetía día a día. La anciana loca del bloque de enfrente afirmaba que hubo una época en la que el Sol no siempre era asfixiante. Que hubo una época en la que el paisaje de la Tierra no era homogéneo, en la que había paisajes como el nuestro, pero también zonas con tantos árboles que no se veía el cielo, donde olía a madera, a aromática hierba mojada, al dulce néctar de cientos y miles de flores. Decía que hubo una época en que los polos terrestres estaban cubiertos de hielo y el frío ahí era extremo. Que no lo hubiésemos visto, no significaba que no fuera así. En el fondo, a Rodolfo le daba envidia la anciana. Con esa imaginación no necesitaba poner la televisión para evadirse de lo que ocurría en la calle. No necesitaba ver series ni películas y, además, vivía convencida de que podía haber algo mejor. O que había habido algo mejor en el pasado. Bendita imaginación.

En sus días libres, Rodolfo vivía agazapado en su enorme salón. Con una pantalla plana que ocupaba todo el tamaño de la pared que estaba orientada hacia el norte y en la que podía ver series y películas a la carta y también podía poner música e imágenes abstractas en color dependiendo de su estado de ánimo. Había programas para aumentar tu energía, para relajarte, para favorecer el pensamiento positivo…Sobre todo eso, para favorecer el pensamiento positivo. Porque el mundo está dentro de nosotros y tenemos que pensar en positivo para atraer lo positivo. Recordaba cómo la anciana había dicho que hubo un tiempo en que lo positivo también estaba fuera de nosotros, que podías salir y empaparte de una realidad extasiante. La anciana hablaba con esa voz soñadora con la que solo hablan los lunáticos. Tal y como hacían otros videntes, afirmaba oír voces del pasado y tener sueños vívidos en los que el pasado venía a ella y le susurraba promesas de una vida mejor. Una vida mejor que había estado ahí y no solo en las pantallas planas del salón, en vidas ajenas de película y en una música hipnótica. Muchas personas querían oír a este tipo de gente y sus patrañas sobre el pasado. Pero, a diferencia de otros videntes, la anciana no quería ningún dinero a cambio de revelar sus sueños y visiones. Pero esto sucedió tiempo atrás, antes de que se la llevaran al asilo.

Antes de salir de casa aquella noche, Rodolfo abrió de par en par la ventana del salón. Acababan de rociar la calle con nieve artificial para que la temperatura exterior descendiese a un nivel aceptable. Coco movía el rabito contento. Le gustaba sentir la humedad que entraba por la ventana y puso una patita sobre la rodilla de Rodolfo. Rodolfo acarició su peluda cabecita y Coco cerró los ojos suavemente, como para percibir con todos sus sentidos la sincera y tierna caricia de su dueño. Al volver a abrir los ojos, un cálido aliento resopló en la mano de Rodolfo, que sintió cómo la inquieta lengua de su mascota la humedecía, al mismo tiempo que le producía un cosquilleo que subía por su espalda.

Dejó ahí a Coco y se dirigió al salón de juego. A probar suerte. Últimamente tenía buena racha. Quién sabía. Podía ser él quien se llevara el premio gordo aquella noche. Llevaba unos días escuchando música de un canal para atraer el dinero y la abundancia. ¿Eso era lo que quería atraer, no? ¿A quién le amarga un dulce? De ilusiones también se vive. Al menos eran ilusiones de futuro y no visiones de pasado como la de aquellos locos videntes. ¿De qué servía conocer el pasado?

23:34 horas. En ese momento exacto, el premio gordo pasaba a manos de Rodolfo Martínez y, a esta misma hora, una pequeña bola de fuego de apenas kilo y medio que había atravesado la débil atmósfera terrestre, procedente de un meteorito cuya trayectoria había conseguido desviar la sonda centinela Takami, entraba por la ventana abierta del número 45 de la calle López. Apenas un par de horas más tarde, Rodolfo volvía a casa, pero ahora era un hombre nuevo. Rico, inmensamente rico. Más rico que nadie que hubiese conocido nunca. Se sentía dichoso y desconcertado a partes iguales. Entró corriendo en casa y llamó a Coco. Pero, por primera vez, Coco no acudió a su llamada. Al entrar en el salón, supo por qué. Al día siguiente, tras no haber acudido a su trabajo de reparación de pantallas planas y no responder a las llamadas, la policía entró en su vivienda y lo encontró sin vida, junto a unos pequeños huesos calcinados y un agujero ennegrecido en el suelo, provocado por un objeto metálico y con pequeños cráteres que había entrado por la ventana abierta del salón.

PESADO

Raras veces se había quejado. Le gustaba su trabajo. Le habían dicho que podía estudiar, que podía llegar más lejos. Que era una chica inteligente. ¿Acaso su trabajo no era para gente inteligente? Otros habían estudiado y no paraban de quejarse de sus jefes o de que no ganaban lo suficiente y de lo cansados que estaban de todo. Pero su jefa le había enseñado con paciencia y cariño su oficio y ella lo hacía con destreza y disfrutaba de la paz de las cosas bien hechas. Su sueldo también era muy digno.

Tenían fruta y verdura de todo tipo y vendían algún que otro producto diferente como conservas, miel o un excelente queso de oveja. Pero la mayor parte de los productos eran fruta y verdura, productos en los que ella basaba su dieta y sobre los que podía aconsejar bien a los clientes. Podía explicar perfectamente la procedencia de cada uno de ellos y sus propiedades. Estaban los productos locales, como la cebolla dulce de Fuentes, el tomate rosa de Barbastro o las olivas de Belchite, otros nacionales como la naranja andaluza o internacionales como el arándano polaco. Entablaba animadas conversaciones con los clientes que llegaban a esta pequeña tienda de barrio. Conocía muchas recetas que había aprendido de su jefa y de sus clientes, así como de su familia o de libros de cocina.

Le gustaba tomarse un refrescante zumo de naranja natural antes de ir a trabajar y poner un chorrito de aceite y unas rodajitas de aguacate en su tostada. El cítrico le resultaba estimulante y la textura cremosa y el sabor discreto del aguacate le parecían un contrapunto perfecto. Cuando había poca gente en la tienda, la jefa le dejaba hacer descansos y ella salía a la calle y paseaba brevemente al mismo tiempo que disfrutaba de una manzana Golden o verde doncella. No solía coger manzanas Fuji, aunque su sabor especialmente dulce era agradable. Le sorprendió saber que esta manzana hubiese sido desarrollada por personas, en concreto en la Estación de Investigación Tohoku en Fujisaki, Japón. Para más concreción, en los años 1930, aunque no se empezó a comercializar hasta los años 60 y fue el resultado del cruce de dos variedades de manzana estadounidense.

El mundo de los vegetales está plagado de historias apasionantes. Como la del nombre de su apreciado aguacate, "ahuacatl" en idioma náhuatl, que significa testículo. Su jefa ya le había regañado diciendo que no podía ir contando esa historia al primero que se llevase un aguacate de la tienda. En cambio, sí podía relatar al cliente todos sus beneficios y que por algo le llamaban el oro verde.

La mañana que él entró por primera vez, ella estaba sola en la tienda. Aprovechó para reponer la caja de coles de Bruselas, en la que solo quedaban dos ejemplares y sacó varias cajitas de fresas y cerezas, que entonces se estaban vendiendo con bastante rapidez. Miró a su alrededor. Pasó un paño por el mostrador para retirar unos restos de piel de cebolla que se habían descascarillado. Recordaba cómo el sol iluminaba con fuerza en la calle y llegaba sin apenas perder brío al interior de la tienda, donde todo era una algarabía de color y olores terrosos, frutales y florales. Y entonces llegó él. Un hombre bajito y regordete, sudorosamente trajeado, con un rostro flácido y unas ojeras profundamente inertes que una fuerza invisible arrastraba hacia abajo, hundiendo todavía más sus ojos, pequeños y cansados. Varios pliegues de excedente de piel y grasa se asomaban por debajo de su barbilla. Cuando él se colocó delante del mostrador, ella tuvo la extraña sensación de que la luz de la calle llegaba con menor intensidad, como si él fuese capaz de eclipsarla con su densa y abotargadora presencia. Por algún motivo, este hombre le resultaba familiar. Con cierto aire petulante, él le pidió una bolsa de patatas, un par de tomates y un par de puerros. Nada fuera de lo normal. Pero su voz sonaba como una bocina afónica y era desagradable.

Cuando el hombre se marchó, aún permaneció un olor que era una mezcla de sudor y colonia rancia que no pudo quitarse hasta que llegó a su casa y por fin pudo ducharse. Se sentía apesadumbrada sin saber el motivo. No le había ocurrido nada malo, solo había tenido un breve encuentro con un hombre no muy agradable, pero no le había hecho nada malo. Sí que tenía aires de superioridad, no olía bien y no tenía la mejor voz ni la cara más animada. Pero pobre hombre. ¿Qué culpa tendría de ser así? Cuando su novio llegó del trabajo, la encontró más seria y desanimada que de costumbre, pero ella calló. No quiso explicar que el motivo era un hombre no muy agraciado que en realidad no había hecho nada fuera de lo normal. Era algo muy irracional.

Se sentaron a ver una película en el sofá y ella estaba distraída. Ahora, la vaga sensación de que conocía al hombre adquiría forma y consistencia. Lo vio años atrás, junto a su padre, en la casa de su infancia. Era un visitante molesto, un anodino vecino que trabajaba de notario. No entendía cómo su padre podía charlar con un hombre de aspecto tan grave, que además utilizaba palabras aburridas e incomprensibles. Entonces la mandaban a su habitación a hacer deberes o a dibujar un poco. Y la tristeza la invadía, no sabía si por el hombre o por el anochecer, o acaso fuesen las dos cosas. El hombre siempre llegaba cuando el sol estaba a punto de ocultarse en el horizonte, un momento que a ella siempre le provocaba nostalgia. Pero…¿podía ser él? Ese hombre había desaparecido hace muchos años. Ya no permanecían en su memoria ni su olor ni su voz. De su físico tan solo unas pinceladas que podrían recordar al hombre de la tienda, por su gordura y la falta de tonicidad de la piel. Porque con solo mirarlo se podía sentir cansancio. Lo más nítido eran las sensaciones, pero probablemente serían mera casualidad.

Al cabo de una semana y en un momento en el que ella volvía a encontrarse sola en la tienda, el señor volvió a entrar. Ella se sorprendió de que volviese y sintió una leve opresión en el estómago. Parecía que justo en el preciso momento en el que el hombre se colocaba frente al mostrador era el momento en el que el sol iniciaba su descenso en el horizonte. El encuentro fue exactamente igual que el anterior. Incluso el hombre volvió a pedir lo mismo: una bolsa de patatas, un par de tomates y un par de puerros. Y volvió a dejar el mismo olor y ella volvió a marcharse a casa con la misma sensación. Aquel día su novio volvió más tarde y el tema de conversación fue su exceso de trabajo en la fábrica. También notó como si ella hubiese tenido exceso de trabajo en la frutería.

Las semanas pasaban y el hombre parecía haberse convertido en un cliente habitual. Llegaba al final de la tarde y cuando ella estaba sola en la tienda. Las tres primeras veces todo sucedió igual, pero la cuarta ella hizo algo para cambiar la situación. – Señor, tenemos unas peras de conferencia que están buenísimas. Se las recomiendo si usted quiere probar… – Muchas gracias, señorita – respondió él cortante y añadió con su tono de bocina afónica: – vengo a coger lo que vengo a coger…Y se marchó. Dejando su peso de plomo y su olor una vez más. Añadiendo ahora un toque de despotismo a su extenuante combinación.

En casa ella se encontró peor que las veces anteriores y decidió que debía deshacerse de ese hombre. Además de la opresión en el estómago, ahora sentía su cabeza abotargada. Contó la historia a su novio y él rió de sus ocurrencias. Le dijo que era una tontería, que hay días que te cansas más y ya, que el hombre sería un imbécil, pero que cuanto menos importancia le diese, menos efecto tendría en ella cualquier cosa que él hiciese o dijese. Probablemente tenía razón.

De repente, llegó a su cabeza un vago recuerdo de la última vez que había visto al notario. Recordó cómo su madre había insistido en que se quedase a cenar, pero él se había negado. Recordaba que su madre había preparado un batido de frambuesas que el hombre, ante su insistencia, había acabado aceptando. Al poco tiempo, dijo que se encontraba mal y se marchó. Nunca lo volvió a ver ni se habló de él. Tampoco había preguntado nunca por él porque jamás le resultó agradable. Y con el tiempo se había olvidado por completo.

Al día siguiente, cuando habló por teléfono con su madre, le preguntó por el notario que visitaba a su padre cuando ella era pequeña. Su madre le respondió que hacía años que había muerto, que ella era una niña. No supo por qué, pero su madre se sintió molesta y cambió de tema bruscamente.

En la tienda, contó a su jefa la experiencia con este extraño cliente que hacía que el ambiente se volviese apesadumbrado y la jefa comentó que había clientes raritos con los que había que tener paciencia y le pareció curioso que hubiese ido ya tantas veces y siempre cuando ella no estaba en la tienda, algo que no era tan frecuente. Que le gustaría conocerlo, pero parecía que buscase el momento para estar a solas con la chica joven de la tienda.

La siguiente vez que el señor volvió, ella volvía a estar sola en la tienda y cuando él se colocó frente el mostrador, le pareció de nuevo que en ese preciso momento el sol empezaba a descender en el horizonte y sintió la opresión en el estómago. Él volvió a pedir lo de siempre y ella lo colocó en bolsas, pero antes de que se marchara le dijo: - Señor. Sé que usted viene a coger lo que viene a coger, pero tengo las frambuesas de oferta porque hay que consumirlas pronto y puede aprovechar para hacer con ellas un riquísimo batido. Entonces el rostro sudoroso del señor palideció y miró con horror a la muchacha, saliendo apresuradamente por la puerta de la frutería. Y nunca más se le vio entrar por ella.

SOLO OBJETOS

Los objetos son solo objetos. Eso es lo que piensa mucha gente. Y, aún con todo, creo que todo el mundo tiene o ha tenido un objeto por el que ha sentido apego, al que ha dado su impronta y su personalidad y, a la inversa, este objeto a la persona. Esto me pasaba a menudo de niña. Tuve unos cuantos objetos que consideraba los cimientos de mi mundo. Algunos eran objetos propios, como mi bumerán de madera, que me compraron mis padres por mi fijación con esta arma arrojadiza con capacidad para volver a su dueño, como mi telescopio, comprado con la recaudación de mi primera comunión y con el que pude llegar a ver, en un tamaño muy reducido pero nítido, los anillos de Saturno. Y, hablando de Saturno, el Saturno que se ilumina en la oscuridad y cuelga del techo de mi habitación. Esto eran los objetos que había adquirido con mis propinas o el dinero de mis padres y eso hacía que fueran de mi propiedad.

Tuve otros objetos que no puedo considerar propios, sino una apropiación indebida. Y son mis fósiles de Nogueras, en la provincia de Teruel. Los llamaba "mis fósiles" sabiendo que era inadecuado. Porque, como dicen los nativos americanos, la tierra no puede comprarse ni venderse: no nos pertenece. Y estos objetos tan especiales fueron sustraídos a la madre naturaleza, a un terreno en el que abundaban, pero que si todo el mundo actuase como yo, se quedaría sin las huellas de su pasado más remoto. De la época de los mares paleozoicos. De cuando habitaban en ese mar turolense aquellos moluscos negros que quisieron ser inmortales y encontraron la forma de sobrevivir millones de años y reaparecer en un terreno árido en una forma sólida, pétrea, integrándose a la perfección y pasando desapercibidos ante miradas poco atentas en las nuevas condiciones de su entorno. Todo para que, en cuestión de segundos, una curiosa mano infantil arrancara de allí algunos de esos seres tan profundamente arraigados. Es cierto que eran muchos y que solo cogí algunos que guardaba en un cajón que pesaba mucho, en cuya base estaba la arenilla que desgranaban las rocas a las que se habían adherido los ammonites y que ponía de los nervios a mi madre, siempre amenazando sin ninguna misericordia con tirar todo a la basura.

Pero antes, todavía antes de llegar a la casa del bumerán, el telescopio, el Saturno y los fósiles, estaba la casa de mi más tierna infancia. Una época de la que solo recuerdo algunos peluches, como el elefantito que trajo mi padre de un viaje de Canarias, donde siempre hace buen tiempo. Cuando no estaban mis padres, a veces visitaba su habitación, en cuya mesilla había un payaso de trapo muy antiguo, con camisa de rayas, chaquetilla, sombrero y una maleta en la mano. Era el payaso más triste del mundo. Tenía una lágrima en su mejilla izquierda y hacía que cada vez que lo viese llorara. No sabía lo que le ocurría, pero no podía mirarlo sin sentir empatía y lástima por aquel hombrecito. Mirarlo era sentir el dolor de un alma inocente víctima de un destino al que no podía escapar y al que se tenía que resignar. Un día mi madre entró a la habitación y me vio observándole. Entonces le pregunté por qué lloraba el payaso y ella me dijo que era porque se tenía que marchar y no quería. No pregunté a mi madre más detalles. No importaba el lugar al que tuviera que marcharse. Tampoco yo tenía mucha idea de situar geográficamente nada porque era muy pequeña. Tampoco pregunté por las circunstancias que hacían que tuviese que partir. En realidad, me quedé con lo esencial de su historia: que tenía que marcharse en contra de sus deseos y estaba triste. Y muchas veces entraba a mirarlo y pensaba: pobre, pobrecito payaso que tiene que marcharse. Pero ahí seguía día tras día. Nunca fue mío. En esos momentos no tenía muy claro si era propiedad de mis padres, pero más bien pensé que era como yo. Que era un poco propiedad de mis padres, un poco libre. Y un poco que le rodeaban unas misteriosas circunstancias externas en las que yo no había querido indagar. Llegué a pensar que siempre estaría ahí. Como siempre lo había visto. Que por mucho que se tuviera que marchar no lo haría. Que iba a estar triste de todas formas, con esa lágrima eterna en la mejilla izquierda. Que siempre me haría llorar y que, en ese momento, ninguno de los dos tendríamos consuelo. Pero llegó el día en que él desapareció de la habitación de mis padres. Entonces fui a preguntar a mi madre a ver qué había ocurrido con el payaso. Le pregunté por qué no estaba ahí, preocupada. Y entonces su voz respondió con total indiferencia y, probablemente habiendo olvidado la historia del viaje que ella misma me contó, que lo había tirado a la basura. Que ya estaba muy viejo y feo.

MI LIBRO

Me gusta mucho viajar, pero odio mi paso por las estaciones, al igual que por los aeropuertos si hay que coger un avión. Supongo que al resto de la gente le ocurrirá lo mismo. Es una parada obligatoria para coger un medio de transporte público y un lugar en el que confluye gente muy dispar que va y viene, coge y deja maletas, pasa por el baño, por la cafetería. Un lugar del que muchos están deseando marcharse para iniciar su ruta a otro destino o un lugar al que muchos otros están deseando llegar, pero para ir de allí a otra parte. Y esta estación de trenes no era una excepción. Sentía nostalgia de las antiguas estaciones de trenes, aquellas que todavía se ven al pasar por los pueblos y que, sin dejar de ser un lugar de paso y, a veces aun siendo pequeñas y estando prácticamente abandonadas, respiran la amplitud de su entorno natural y se han convertido en parte de él, como los caminos pedregosos o la hierba resquebrajada. Hasta sus antiguos relojes parecen haber estado contando las horas y los minutos desde el principio de los tiempos y se van oxidando lentamente igual que las montañas se van erosionando con el viento. Pero esta estación en la que tuvo lugar mi historia no tiene nada de ese encanto. Por fuera es un edificio enorme y moderno, seguramente muy plausible desde el punto de vista arquitectónico y probablemente muy funcional, pero con una geometría impostada de formas cúbicas y rectangulares, sin ningún adorno y de un color blanco grisáceo que resulta frío y tedioso, como el hormigón. Mi estado al llegar era el mismo que el que transmitía la estructura del edificio. Mi estancia allí iba a ser muy breve. Llegaba con una hora de tiempo, pero una hora puede decirse que no es nada. Siempre llego con suficiente tiempo y prefiero que me sobre para poder tomar un café tranquilamente en caso de que necesite despejarme o ir al baño con calma.

Entré en la estación, que es muy amplia y entonces estaba helada. Había entrado muchas otras veces y siempre con la misma sensación de que era un paso irremediable y caminando como una sonámbula sin prestar atención a nada. Siempre había pensado que lo interesante empezaba al abandonar esta estación e incluso ya con la llegada a mi destino y no en el recorrido, algo que también veía como un trámite ineludible y pesado para llegar a un lugar y a un encuentro al que reservaba toda mi ilusión. Por eso cuando viajaba dormitaba o me concentraba en algún libro.

Aquel día era un día de invierno en el que no había muchos viajeros y los que había iban bien abrigados. Es lo único de lo que me di cuenta con mis pensamientos puestos en otra parte antes de pasar la maleta con gesto maquinal por el control de seguridad y buscar un asiento en la zona de espera del tren de alta velocidad hasta que abriesen el acceso a la vía. Quedaba media hora para ello. Me senté en uno de los bancos metálicos situados en esta zona, con la maleta al lado y un libro entre mis manos. Mi libro era un ejemplar antiguo de Demian, de Hermann Hesse. Es el primer libro de este autor que leí en mi adolescencia y del que llegué incluso a tomar notas. En esa época llegó a mis manos rebuscando entre los libros de juventud de mi padre, tenía incluso una dedicatoria a lápiz de la amiga que probablemente se lo había regalado y en la que había escrito que esperaba que lo disfrutase tanto como ella. Al ser un libro pequeño y fácil de llevar y haber olvidado prácticamente una historia que en otra época había despertado mucha curiosidad en mí, decidí llevarlo y volver a leerlo de camino. Estaba absorta en el comienzo de la historia y en un momento dado levanté la vista distraída y vi que había una persona a la que no había oído llegar leyendo su libro enfrente de mí. Entonces bajé mi libro para fijarme más. Su cabeza estaba cubierta por un sombrero de copa negro, su rostro oculto por el libro y una larga gabardina gris le caía por debajo de las rodillas. Era un personaje misterioso, con aspecto de mago o detective que llamaba excesivamente la atención por querer ir tan de incógnito. Pero lo que más me impresionó fue el libro que ocultaba su rostro. Era MI libro. No era otro ejemplar de Demian, era el mío. La misma edición de hacía años, con la nebulosa multicolor descolorida por el paso del tiempo en su portada y los mismos accidentes geográficos: la "m" de "Demian" difuminada por un borrón acuoso, la grieta que atravesaba la contraportada en diagonal desde el centro, donde aparecía el resumen de la historia y que llegaba hasta la parte inferior izquierda, en la que aparecía con nitidez el precio en pesetas del libro. Puede que hubiese olvidado bastantes detalles del contenido, pero conocía de memoria su aspecto físico. También el lomo aparecía ligeramente cuarteado y surcado por varias líneas, aunque podían verse con claridad el título y el nombre del autor. Incluso la pequeña motita de lo que parecía un derrame de café aparecía en la parte inferior derecha de la portada, provocando con ello un ligero callo de alrededor de un centímetro y medio en la tapa de aspecto y textura acartonados. Esta visión me produjo una honda impresión y sentí un escalofrío que atravesaba toda mi espina dorsal. Cerré los ojos y pensé: no puede ser, te habrá parecido. Y al abrir los ojos, ahí estaba aquella persona cuyo rostro seguía completamente oculto por el libro abierto que sujetaban dos manos finamente enguantadas. Me quedé paralizada, no podía creerlo. La persona de enfrente seguía tras el libro y sin pasar de página. Era todo sombrero, libro, una especie de pasamontañas negro que se asomaba a la altura de lo que debía ser el cuello, la larga gabardina, lo que parecían unos pantalones de pana negra que cubrían el espacio del gemelo al tobillo y entonces me fijé en sus zapatos. Unos zapatos de cuero negro, impolutos, aparentemente de muy buena calidad. Nada en su aspecto podía indicarme si se trataba de un hombre o de una mujer. Ni siquiera podía adivinar forma alguna. Me dio la extraña sensación de que todo lo que había detrás de la ropa y complementos no era más que aire y por eso no lo había oído llegar. Como si hubiese llegado flotando en lugar de caminar pisando el suelo. Sin embargo, los guantes parecían ocultar la silueta de unas manos finas y alargadas, unas falanges apenas cubiertas por carne que sujetaban el libro en una misma posición estática. Por un momento llegué a pensar que ese libro, mi libro, era su rostro y no había nada detrás. Volví a estudiar mi propio libro: la grieta grande, las líneas del lomo, el borrón acuoso de la "m" de "Demian", la motita que había levantado y arrugado un pequeño espacio de la tapa. Todo igual. Por un instante pensé que todo podía tratarse de una enorme casualidad y que debía calmarme y reunir fuerzas para entablar conversación con esa curiosa persona. Sin embargo, su posición estática me resultaba muy incómoda. Es cierto que llevaba ahí apenas unos minutos y que podía tomarse su tiempo para leer con calma y pasar de página. Pero en ese momento los segundos se me hacían eternos y estaba empezando a perder la paciencia ante la visión casi antinatural que aparecía ante mis ojos. De repente, este ser se levantó como impulsado por una fuerza neumática y se deslizó como si un motor lo empujase hacia atrás, sin dejar entrever un solo milímetro de su cuerpo, oculto en su sombrero, libro, guantes, gabardina, pantalón y zapatos. Sin dar la espalda, siempre de frente y marcha atrás, sin que se percibiese nada de lo que había en su parte posterior, la que ya no cubriría el libro sujeto por unas manos inmóviles. Si es que había algo. Y así desapareció por la entrada del control de equipaje, en un momento en el que el personal de seguridad se había ausentado brevemente por algún motivo. Miré a mi alrededor y es posible que nadie más hubiera visto lo que yo vi. Ese día fueron pocos los que subieron al tren de alta velocidad y empezaron a llegar un poco más tarde que yo. Bajé a la vía en cuanto llegó el personal encargado de comprobar los billetes y permitirnos el acceso. Intenté aparentar normalidad, aunque nunca algo que había durado tan poco tiempo me había provocado una sensación tan profunda de irrealidad. Y, por primera vez, podía decir que lo que había ocurrido en la estación era más digno de ser relatado que ningún incidente del propio viaje.

HAMBRE

Se había adelantado, quizá demasiado. Miró su reloj con impaciencia. Hacía mucho frío en la calle a pesar de ser abril, pero eso no era España. La nieve había cuajado. Nunca había visto un día gris de abril en el que la nieve no cesase de caer durante horas y horas. Todo el día. Le llamaba la atención la gente con sus abrigos de piel y el shapka en la cabeza. Apoyado en la barandilla del canal Griboedova, se quedó ensimismado contemplando las llamativas cúpulas y la rica decoración de la iglesia del Salvador sobre la Sangre derramada. Una atmósfera de cuento parecía envolver las iglesias rusas...

—¡Alfonso!

La voz del anciano le devolvió a la realidad. Ahí estaba Oleg, tal y como lo recordaba. Lo extraño era que el anciano le hubiese reconocido a él, que apenas era un chiquillo aquella vez que su padre se lo presentó. Los dos hombres se abrazaron. Una lagrimilla brotó de la mejilla del anciano. Dijo que sentía mucho la muerte de su padre, que había sido un gran hombre y un gran amigo. Alfonso asintió en silencio. El anciano, que había trabajado como profesor de español en la universidad, apenas tenía el característico acento ruso y tenía un vocabulario tan amplio y cuidado que hacía que el joven se avergonzase de su propio dominio nativo del español. Su padre había intentado enseñarle algo de ruso, pero él no había puesto mucho empeño en eso y ahora no iba a abrir la boca para mostrar su nivel macarrónico a aquel señor tan culto. Decidió que hablarían en español todo el tiempo.

Mientras charlaban, paseando por la avenida Nevski, Alfonso se sintió contento de estar allí. Sentía como si una parte de su padre se hubiese quedado en San Petersburgo, aunque hubiesen esparcido sus cenizas en España. Sabía que el anciano le recordaría la infancia y juventud de su padre en Rusia. Seguramente tenía muchas batallitas que contar. Y Alfonso quería oírlas todas, almacenarlas en su cabeza, conservar algo más de su padre.

Decidieron entrar en una cafetería para tomar algo caliente y quizá también comer algo. En su interior, se sentaron en una mesita y esperaron a que uno de los camareros les sirviese. Oleg pidió té negro, que era lo que solía tomar por las tardes, mientras que Alfonso se decidió por un café con leche y la típica tarta Napoleón. Nunca la había probado, pero se la habían recomendado y había leído en su guía de Rusia que era una tarta creada para conmemorar el centenario de la victoria frente al ejército francés. Alfonso bromeó diciendo que Hitler no había aprendido nada de Napoleón al haberse atrevido a invadir Rusia. El anciano sonrió y dijo que no, que ninguno de los dos tenían ni idea de lo que era el alma rusa ni sus arduos inviernos.

— Tu padre llegó de España y aquí la situación no era nada fácil tampoco, Alfonso. Al menos, eso sí, se ahorró los horrores del asedio. Él era menor que yo y mis tíos lo criaron como a un hijo…

De repente, el anciano miró horrorizado a su izquierda, hacia un cuadro lúgubre que estaba ahí colgado y no guardaba relación alguna con el resto de la decoración de la estancia, de colores cálidos y dorados y algo recargada. Alfonso dirigió la mirada hacia ese cuadro que cambió por completo el gesto sereno del anciano y se dio cuenta de que era una copia de Saturno devorando a su hijo. La inquietante figura de la pintura negra de Goya. Alfonso advirtió cómo el anciano sacudía la cabeza como intentando borrar así un recuerdo de su mente e intentó continuar por donde se había quedado, pero Alfonso estaba demasiado intrigado por su reacción como para obviar aquel lapsus.

— Algo ocurre con ese cuadro - añadió el joven. Quiero que usted me lo cuente. Quiero saber lo que le ha sugerido, lo que le ha recordado.

— No tiene importancia. Es una imagen que tengo en un lugar recóndito de la memoria. Algo que nunca olvidaré.

— Por eso mismo tiene mucha importancia. Me gustaría saber qué es lo que alguien como usted no solo no olvida, sino que le produce una fuerte impresión.

— No tiene importancia, muchacho. No tiene que ver con tu padre. Tu padre no vivió ese capítulo tan oscuro de nuestra historia y yo era un niño...

— Insisto. Usted era un gran amigo de mi padre y por eso mismo también me importa. Además, me gusta conocer la historia, que usted me cuente los antecedentes.

— De acuerdo - respondió el anciano. Tú lo has querido, pero te advierto de que no es algo agradable y puede que, en parte, todo fueran elucubraciones de mi mente infantil...

Alfonso acercó su silla todavía más y apoyó el codo en la mesa, sujetándose la cabeza con la mano y con mirada de concentración. He aquí la historia del anciano, tal y como le fue relatada a Alfonso de su boca:

— Yo tenía 6 años por aquel entonces. Recuerdo los retorcijones de estómago, la lentitud y el cuidado con el que teníamos que comer cuando algo llegaba a nuestras manos por miedo a vomitar, porque nuestro estómago se había desacostumbrado a recibir comida y podía sentarle mal. Porque vomitar en lugar de almacenar unas pocas reservas en nuestro organismo podía ser un error fatal. Entonces la ciudad se llamaba Leningrado y estábamos sitiados por los cuatro costados. 872 días. 872 días duró ese cruel bloqueo al que nos sometió el ejército alemán. Nos llegaba un pedazo de pan al día. Un pan en el que la harina aparecía mezclada con serrín. Oíamos cómo los alemanes detonaban fábricas cercanas, teníamos miedo. Yo era pequeño, el tiempo pasaba muy lento. Un día con suerte podías comer un gato, un ave. Pero hubo un día en el que ya no se posaban pájaros en Leningrado, ya no quedaban más gatos en toda la ciudad. La gente moría de hambre. Los niños al principio salíamos a correr, a jugar al escondite. Recuerdo haber hecho eso a la edad de 5 años. Pero mi madre se enfadaba mucho: decía que no teníamos comida y cuanto más energía gastásemos, más tendríamos que comer luego. Y no había comida, no había. Cada día llegaban menos suministros de los valientes compatriotas que cruzaban el helado lago de Ládoga para traérnoslos. Los camiones no eran muy pesados debido al riesgo que existía de que se hundiesen en el hielo y, aún con todo, de vez en cuando llegaban noticias de camiones hundidos con los pocos suministros que hubieran podido hacernos llegar. Llegó un momento en el que mis padres y yo siempre salíamos los tres juntos. Recuerdo a mi padre con un hacha en la mano y el ceño fruncido, mirando al resto de los famélicos habitantes con mirada desafiante. Mi madre me tapaba los ojos muy a menudo y me susurraba: no mires, no mires…Sabía que podía aparecer gente moribunda o cadáveres por cualquier parte. Que mis padres no querían que lo viese, que cuando comentaban algo en voz baja y yo aparecía se callaban. Pero lo sabía. Sabía que la muerte había decidido asentarse en Leningrado desde hacía días y asumimos que no se marcharía hasta que nos tuviese a todos en sus garras, pues ya no parecíamos tener fuerzas ni escapatoria. Y, aún con todo, nadie pensaba ni por un instante en la idea de rendirse al enemigo. Dicen que el tiempo es cruel y todo lo devora. Pero ahí no nos devoraba el tiempo, sino algo mucho peor, que es el hambre. El hambre devoraba al mismo tiempo, al que dábamos por muerto. Y una mañana salí a la puerta de casa sigiloso mientras mis padres dormían acurrucados en un rincón de su cama. Y vi a nuestro vecino, Vania. Recordaba cómo había sido Vania cuando yo era todavía más niño. Era un hombre alto como un titán, corpulento, de tez más oscura que la nuestra. Procedía de una familia georgiana y se había ganado el apodo del gigante de Georgia. Pero en ese momento, apenas unos meses antes de que el asedio acabase, Vania apareció como la sombra de lo que había sido. Caminaba tambaleándose, semidesnudo pese al frío y un cabello gris y descuidado cubría sus hombros y se juntaba con su barba, también gris. No se sabía dónde empezaba la barba y dónde el cabello: todo era una maraña difícil de definir. Y sus ojos. Abiertos como platos. No eran los ojos perspicaces que antes habían sido la ventana al rostro de Vania. Esos ojos eran la ventana a alguien que ya no estaba dentro de sus cabales, la ventana a un mundo de horror y desesperación. Yo era muy niño, pero adiviné lo que ocultaba aquella mirada turbia y desenfocada. En sus brazos, antes musculosos y ahora más bien huesudos, pude adivinar a su hijo Alexei. Tuve la certeza de que Alexei estaba inconsciente. Pero nunca supe si estaba dormido, había sufrido un desmayo o estaba muerto. Corrí a casa asustado y con miedo de que me vieran. Estaba seguro de que la mirada de Vania no me había visto, no estaba ahí como estaba yo. Era muy niño, pero lo sabía. Esperaba que Alexei estuviese bien, me hubiera gustado preguntar a Vania, a pesar de que parecía muy débil y fuera de este mundo y me daba miedo. Además, mis padres me matarían si se enteraban de mi indiscreción. Pero Alexei, Alexei era mi amigo, era de mi edad. Esperaba que Vania lo curase. Esperaba que solo estuviera dormido.

Esperé para volver a salir de casa sin que mis padres me viesen y me asomé disimuladamente a la ventana de la cocina de Vania, que daba a la calle. Había puesto una cazuela al fuego y fue a coger una pieza para colocarla sobre la tabla de cortar. Al fijarme más, pude ver horrorizado cómo Vania iba a cortar un brazo humano, un brazo de niño. Un escalofrío recorrió mi cuerpo y un amargo ardor me subió por el esófago y acudió a mi boca. Vomité, vomité bilis porque mi estómago estaba vacío como para vomitar otra cosa. Lo hice junto a la ventana, sin hacer ruido y comprobando que Vania no me viese, aunque en esos momentos ya no veía ni oía. Volví a casa e intenté olvidar todo aquello. Por supuesto, nunca conté a mis padres lo que había visto. Me habían advertido de que en Leningrado había caníbales. Podían matarte si no te andabas con cuidado. La gente no enterraba a sus muertos porque, ante todo, quería vivir. A los muertos ya nada podía importarles. Veo la mirada de Vania en ese Saturno que devora a su hijo. Tenía seis años, pero nunca he olvidado esa mirada.

UNA TABLETA DE CHOCOLATE

Era una inmundicia. Un estorbo viejo e inútil en un mundo en el que los jóvenes deberían tomar el relevo. Y tantos jóvenes se habían marchado sin apenas haber empezado a vivir. Sentía que sus entrañas ardían como arde la garganta al tomar un buen trago de vodka, solo que ese ardor no podía paliar el frío y la iba consumiendo poco a poco, convirtiéndola en cenizas hasta que llegase su ansiada desaparición.

Si tuviesen un Dios, todos rezarían. Puede que fuese una creencia vana, pero tendrían un atisbo de esperanza. Se esforzaban por seguir adelante cuando ya nada tenía sentido, por eso su pueblo era el más heroico de todos.

La ciudad había visto morir a tantos hijos que había acunado…Niños, jóvenes fuertes y con toda la vida por delante. Mujeres embarazadas. También ancianos como ella, pero eso era lo de menos.

87 años y aquellos 870 últimos días habían sido más de media vida. 870 días en los que el tiempo se detuvo para avanzar de forma lenta, muy lenta: Saturno devorando a sus hijos de forma cruel y agonizante. Sin posibilidad de escapatoria.

Sus nietos la vigilaban para que no hiciese tonterías,

cuando lo más sensato sería poner fin a eso. ¡Si al menos su cuerpo pudiese servir de alimento a otros necesitados, como habían servido otros muchos cadáveres antes! Pero sus carnes apenas cubrían sus huesos. Su piel apergaminada hablaba de años de sufrimientos y de una resistencia sobrehumana. Y su mayor tortura era conservar la lucidez. Entre lágrimas, comía vigilada aquel trozo de pan, mezcla de harina y serrín, que suponía la ración diaria.

De repente, de aquel infierno de hambre, frío y desesperación surgió un ángel proveniente del camino de la vida.

La anciana apenas oía desde que los alemanes detonasen una fábrica de azúcar cercana, pero conservaba una buena vista. Aquella muchacha era un auténtico ángel: sus ojos azules y rasgados la miraban con dulzura, sus mejillas conservaban un tono sonrosado. Y sonreía. Entonces tendió una tableta de chocolate a la anciana. ¡Chocolate! ¿Cómo era posible? ¿Y si todavía quedaba esperanza para Leningrado?

<u>NOTA EXPLICATIVA</u>: El camino de la vida era la ruta por la que llegaban suministros a la ciudad de Leningrado (actual San Petersburgo) a través del helado Lago de Ládoga durante el asedio. Los llamados "ángeles" eran en su mayoría chicas jóvenes que guiaban a los camiones que llevaban los suministros en su recorrido por el lago.

FIEBRE Y SUEÑO

Era sábado y estaba anocheciendo. La gente de su edad estaría por ahí de fiesta. El domingo descansarían y el lunes continuarían con sus estudios o su trabajo. Después le contarían historias de risas, de chicos y de borracheras. Y ella escucharía, pero sin ningún interés ni se identificaría con nada. Había estado en casa, feliz de no tener que salir a comprar, ni a clase, ni al gimnasio, que estaba cerrado el fin de semana. Feliz de estar sola. Feliz de introducirse en el material expansivo, elástico, comprimible, infinito e invisible del que están hechos todos los libros, aunque su apariencia reducida, más o menos compacta y rectangular no nos haga presagiar nada de esto. La curiosidad la movía a querer saber más y más, a olvidarse de las personas, incluso se había olvidado de comer y, en un momento de lucidez, pensó que debía parar y merendar. Se preparó un sándwich rápido y ni siquiera se fijó en el pequeño charquito que había dejado cuando se le derramó por la mesa parte del agua que había echado, con su habitual abandono, en el vaso. Tampoco reparó en las migas que había dejado y que hacían buenas migas con otras migas que se habían quedado ahí de otros días.

Volvió a su hábitat natural, al de su cuarto y al del aire que respiraba proveniente de estanterías llenas de libros, fotocopias y apuntes de todo tipo. Le dolía la cabeza y en la calle el sol casi se había escondido por completo. Se tocó la frente. Parecía que estaba caliente, como si tuviese un poco de fiebre. Había leído que las leyes de la física cuántica no se correspondían con nuestras observaciones cotidianas y eso la descolocaba. Le encantaban los libros de divulgación científica y los manuales de astrónomo aficionado. Creía en la ciencia por encima de todo y pensaba que si algo no podía observarse o comprobarse de algún modo, ese algo no existía. Pero cómo le dolía la cabeza…

Llamaron a la puerta con insistencia. Era una casa aislada en una especie de pueblo perdido del oeste americano, con suelo arcilloso y capitanas revoloteando al compás del débil viento del atardecer. El sol se estaba poniendo. De la casa salió un anciano de unos setenta años que miró sorprendido al hombre de mediana edad que había llamado a su puerta. – Soy yo, Jonas. ¡Tu hermano gemelo!

De repente, volvió al aquí y al ahora de su cuarto. No solía tener ensoñaciones de ese tipo y le sorprendió la jugarreta de su mente. ¿Quién es Jonas, un hombre de mediana edad que dice ser gemelo de un anciano? Por supuesto, su imaginación había creado su propia historia sobre el ejemplo de dos gemelos: uno que está en el espacio y viaja a gran velocidad y otro que se queda en la Tierra. El ejemplo que ilustra la relatividad del tiempo. Quizá había leído demasiado y tenía que descansar. Era pronto para echarse en la cama, de modo que decidió tumbarse en el sofá. Quizá si estaba tumbada se le pasaba el dolor de cabeza. Le molestaba mucho perder el tiempo y no cumplir con todo lo que había previsto. El examen de anatomía, la lista de vocabulario de inglés, tocar el violín…

El aire soplaba con suavidad, como en un día de verano y la luz parecía indicar que era por la mañana. Y ella estaba en un lugar que conocía bien desde su infancia. El paisaje que se extendía ante la ermita de su pueblo, situada en la montaña. Era un punto desde el cual, años atrás, había mirado con sus prismáticos para avistar los pueblos cercanos, todos ellos bien visibles en días claros como aquel. También se veían el pinar, los molinos, las montañas del fondo. Un lugar desde el que había mirado con su telescopio, descubriendo que se veía todo al revés, algo que no tiene importancia cuando ves algo esférico, como un planeta o la Luna. Las esferas son perfectas las mires por donde las mires. Y hablando de ver las cosas al revés...Así estaba el paisaje que ahora estaba viendo. Sentada de espaldas a la ventana donde se alojaba la campana de la torre, podía ver a su izquierda el monte que llamaban castillo por su forma y a la derecha el pinar y la carretera que lo surcaba. Al principio, nada le pareció raro. Pero luego, razonando, llegó a la conclusión de que el paisaje estaba al revés, así que mentalmente lo cambió para que estuviese tal y como estaba en la realidad.

— Eh, tú, sí tú, subconsciente embustero, traidor. Has cambiado la realidad a tu antojo. Para jugar conmigo. Para engañarme.

— Eh, tú, sabelotodo, no estás en ese paisaje. Y quieres imitar la realidad sin estar ahí. Y no es más que una burda imitación, como la sombra de una idea. ¿Acaso no es mejor reinventarlo? ¿Acaso no soy yo un artista?

— No. Farsante. Has puesto el monte donde estaba el pinar y el pinar donde estaba el monte. ¡En mi propio pueblo! ¿Y pensabas que no me iba a dar cuenta?

— No quería engañarte. Solo que vieses las cosas desde otra perspectiva. Qué manía. Ni en sueños me dejas manifestarme.

Abrió los ojos. Estaba tumbada en el sofá del salón. Algo aturdida, pero el dolor de cabeza había remitido. Acababa de tener un sueño de lo más curioso. Incluso había sido consciente durante el sueño de que estaba soñando. ¿Acaso no era aquello una paradoja? Hasta había hablado con su subconsciente y lo había hecho callar. Eso le hacía pensar. Siempre tendía a racionalizar todo y ahí no podía. ¿Se puede soñar y ser consciente de que se está en un sueño? Cogió el móvil, que estaba en la mesilla junto al sofá. Buscó en Internet y leyó que a este tipo de sueños se les llama sueños lúcidos. En una situación normal, intentaría reunir el máximo de fuentes fiables sobre el tema y estudiarlo. Pero estaba cansada y mareada. Volvió a tocarse la frente y comprobó que estaba ardiendo. Se tumbó boca arriba en el sofá.

Sintió que algo le tocaba la nariz. Pero sabía que estaba sola en el salón de su casa. ¿Estaba soñando y estaba siendo otra vez consciente de que soñaba? Sabía que se había quedado dormida boca arriba y con las manos sobre la barriga. Entonces juntó esas manos que estaban sobre la barriga, pero notó como flotaba sobre sí misma con otro cuerpo, con otras manos. Con otros dedos, uno de los cuales (ahora se daba cuenta) le había tocado antes la nariz. Entonces ordenó a ese cuerpo flotante y aparentemente sin peso que volviese abajo. Al integrarse los dos cuerpos, abrió los ojos sin miedo y vio el salón de su casa tal y como lo había dejado. Le produjo una impresión muy profunda haberse sentido en dos lugares al mismo tiempo y la sensación de que el alma se había escapado de su cuerpo. ¿Era eso el alma? O tenemos un cuerpo invisible dentro de nuestro cuerpo y, quien sabe, igual más. Igual somos muñecas rusas. Igual tenemos el don de la ubicuidad. Ahora le faltaba buscar en Internet qué demonios era eso último que le había ocurrido.

JULIO

El día se alarga y el Sol se impone en el cielo. La calle está más luminosa, pero el ambiente más seco y pesado. Buscamos instintivamente una sombra que nos ampare. Huele a hierba reseca, a cloro de la piscina y a libros de instituto aparcados. Acuérdate de cómo acababa junio y la sensación de vacío que tenía cuando el curso escolar se acababa y más tarde cuando ocurría lo mismo con el curso universitario. Era como si, de repente, la Tierra hubiese dejado de girar y el tiempo se hubiese detenido. Entonces estaba desorientada y sin un objetivo concreto. Descansar no es una opción para quien nunca se cansa y me sumergía en tu amplia colección de libros para rescatar alguno que me llamase la atención, leía, inventaba historias que siempre quedaban inacabadas y dibujaba personajes que permanecían a la espera de que alguien les diese un papel y un argumento para que su frágil vida de lápiz de color y celulosa tuviera sentido.

Siempre te gustó leer mis historias, aquellas inconclusas y aquellas a las que últimamente conseguía poner un punto y final.

Recuerdo los veranos cuando era pequeña y me decíais que tenía que salir de casa, que todos los niños estaban por ahí.

Como si me importase lo que hicieran todos los niños, como si alguna vez fuese a ser parte de ellos solo por salir y estar ahí con ellos.

Recuerdo cómo para julio, mes en el que tú viniste al mundo, 33 años antes de que yo existiese, ya me había adaptado un poco a la época de parón escolar y disfrutaba de las ventajas de poder dar rienda suelta a la imaginación, de la tranquilidad del pueblo y de los despejados cielos de las noches de verano a la altura de la vieja gasolinera, ahí donde el pueblo ya había acabado y nada podía empañar esa luz virgen y misteriosa proveniente de la lejanía, de cientos y cientos de estrellas y de algunos planetas que tú me enseñabas, explicando que no brillaban con luz propia. Me gustaba llevar mi planisferio celeste, identificar constelaciones y tumbarme a ver las lágrimas de San Lorenzo, todo ello con la esperanza de avistar un objeto no identificado, de que alguien del espacio exterior nos lanzara un mensaje.

Cada 4 de julio tú cumplías años y lo celebrábamos. Nunca me olvidé del 4 de julio y tú sabes que no recuerdo prácticamente ninguna fecha. Cada 4 de julio tú decías que hacías un año menos y al menos lo cierto es que nunca te has hecho mayor. Recuerdo la última vez que estabas sentado en la toalla sobre el césped de las piscinas municipales, con las piernas cruzadas, las gafas puestas y cómo resaltaban tus costillas al respirar. Recuerdo que te dije en broma que parecías Mahatma Gandhi porque me venía su imagen, eso sí, bastante rejuvenecida, a la cabeza. Recuerdo cómo podíamos encontrarte en el silencio, en la paz y en la naturaleza. Y este año volví a casa por tu 68 cumpleaños, el 4 de julio. Estabas, como de costumbre, animado, y recibiste un nuevo año con buen humor.

Las bicicletas son para el verano y apenas tres días más tarde saliste con la tuya y tus amigos del club ciclista. Fue muy triste cuando nos enteramos de que no volverías, que tu corazón se había detenido de manera fulminante al volver de una ruta que no había sido larga ni especialmente dura: una vieja conocida. Te fuiste muy pronto de manera discreta, sin estar enfermo y sin que nadie tuviera que cuidar de ti. Es como si la muerte te hubiese visitado con su guadaña y tú le hubieses dicho que ya que te tenías que ir, que te dejase ir de esa manera y en un paisaje del que tantas veces habías disfrutado. Tu vida empezó y acabó en julio.

Esa misma tarde llegó una de las habituales tormentas de verano con sus nubarrones negros y rayos y truenos que resonaban al unísono con la tempestad de dolor que se había desatado en nosotros y nosotros y la naturaleza éramos lo mismo y ahí también nos encontramos contigo.

CRECIENDO

Sentada frente a él, no podía dejar de mirarlo. Él se alimentaba, crecía y su alma la retrotraía a los tiempos de nuestros ancestros. A una cueva que huía del paso del tiempo, a una naturaleza que nadie había domesticado, a una noche a la que el hombre no había puesto farolas. Al origen. Él habría estado allí. Y otros ojos se habrían detenido para contemplar con avidez esa forma de ingerir su alimento, que parecía responder al ritmo de un tambor procedente de la lejanía, tocado por unas manos con habilidad de ilusionista para seducir a aquel que prestase sus oídos a ese tam tam misterioso. Su alimento se consumía, transformándose en polvo para que él creciese, adquiriendo fuerza, poder y magnetismo. Muchos ojos antes lo habrían contemplado sin pestañear y se habrían concentrado en él tanto como para pensar que eran parte de él o se estaban transformando en él. Cuántos habrían disfrutado de su calor en tiempos de frío, de su luz en tiempos de penumbra y de su capacidad para purificar o destruir. Otros ojos habrían visto en él el principio y el fin.

— Noelia, apártate ya de la chimenea y ven a cenar.

COMO AGUA DE MAYO

Es un misterio cómo funcionan los sueños. Y no digo, claro está, los sueños de alcanzar algo, como búsqueda que a veces situamos en un terreno un poco ficticio e ilusorio, pero que quizá pudiera llegar a materializarse. Hablo de los sueños como manifestaciones del subconsciente.

La primera vez que lo invité a entrar en mi salón, él sonrió con amabilidad, pero sin mediar palabra. Se sentó en el sillón, con la mirada perdida en la mesita de madera, como si estuviese estudiando sus vetas. Quizá lo hacía. Le pregunté si le gustaban las infusiones y le ofrecí una. Él aceptó. Con el tiempo me di cuenta de que siempre aceptaba todo en lo que a pequeñas cosas sin importancia se refiere: una infusión, un dulce: no sé muy bien si por no contrariarme o porque realmente le apetecía todo. Bebía la infusión a pequeños sorbos y respondía a mis preguntas con brevedad y de una manera que a mí me parecía ambigua y críptica. Todo lo que procedía de él parecía de otra realidad muy diferente a mi día a día y yo necesitaba más explicaciones, un contexto.

De repente un día, hubo un momento en el que su mirada abandonó la mesita para posarse en la réplica de un cuadro de Sisley que yo había colgado en la pared. Noté como en el mismo instante que percibió el cuadro, sus pupilas se dilataron y en su expresión se entremezclaban la sorpresa y el deleite. El cuadro es uno de esos paisajes nevados de Francia que tanto llamaban la atención al pintor. En él puede verse un camino nevado, flanqueado por unos muros, en el que una persona indefinida avanza alejándose. En el fondo se ven unos árboles y unas casitas, todo cubierto por la nieve. No sé muy bien el motivo por el que había adquirido ese cuadro, apenas unas semanas antes. No entiendo de arte y raramente me fijo en cuadros. Prefiero otro tipo de decoración y, por lo general, prefiero enmarcar buenas fotografías que muestran una realidad muy concreta y nítida, a menudo alegre y llena de color. Y, sin embargo, un buen día, ese paisaje solitario y de ensueño llamó poderosamente mi atención.

—¿Le gusta mi cuadro? - le pregunté. Él me miró algo aturdido y asintió con lentitud — Lo compré hace poco — expliqué.

— Yo conozco ese paisaje - respondió.

—¿Ah sí?

— Lo he visto muchas veces.

—¿Ha estado en Francia? ¿En ese preciso lugar?

— No, no… ¿El autor es francés? No lo sabía…

— Bueno, en realidad era francobritánico. Pero el paisaje es de un pueblo de Francia. Me informé de todo esto después de comprar la réplica. Pero entonces usted no conoce el lugar…

En aquel momento, él me miró con gesto grave y yo comprendí que no debía interrumpirlo y dejar que contase aquello que su naturaleza reservada se había decidido a revelarme con la contemplación de ese cuadro.

He estado ahí, en ese lugar exacto. Usted dice que es un pueblo de Francia, pero no lo creo. Puede ser un pueblo en cualquier parte o en ninguna parte. Yo he visto ese lugar una noche tras otra. Se aparece en mis sueños. Incluso lo he dibujado y pintado con acuarelas. Puedo enseñárselo, pero creerá que he copiado a ese pintor del que me habla. Y, la verdad, no puedo reprochárselo. Nadie puede creer en la veracidad de los sueños de otra persona porque no puede verlos ni sentirlos. Solo nos queda confiar en la sinceridad del soñante y yo espero que usted confíe en la mía. Mis sueños son un tránsito constante de un paisaje a otro, o de una escena con personas a otra escena, con o sin ellas. A veces el sueño me atrapa por completo y me adentro, sonámbulo, en él. Otras veces soy yo el que intenta atrapar al sueño, lo analizo y soy consciente de que estoy soñando, pudiendo cambiar la realidad del sueño a mi antojo: volviendo atrás si he dicho una tontería en una conversación y diciendo algo más inteligente, o cambiando un paisaje que conozco de mi vida real porque mi subconsciente lo representa de forma errónea y le intento corregir...¿Entiende? Pero ahora soy más tolerante con mi subconsciente; él me discute que no puedo representar la realidad que yo conozco tal y como es... Es algo imposible, siempre estaría proyectando otra cosa. De ahí que él la represente como quiere y tiene toda su lógica que la transforme a su manera. Le gusta jugar de la manera más insospechada. Últimamente, me transporta de forma obsesiva al paisaje del cuadro. Esa persona que avanza en el camino nevado soy yo. Puedo verme desde atrás. Es cierto que he avanzado, pero estoy paralizado ahí. Aparezco con ropa oscura y estoy difuso. Puedo sentir el peso aletargador del silencio y la quietud de un lugar en el que el tiempo se ha detenido, en el que el espacio se ha congelado. Puedo sentir una inmensa paz, que, sin embargo, me oprime el pecho más que si de ansiedad se tratase. La nieve cubre con su capa de pureza el camino, los muros, los árboles y las casas en la distancia. Todo ello con grandes brochazos en tonos blancos que se entremezclan con tonos grisáceos y azulados en el suelo y con ocres en los muros. En el cielo se entremezclan tonos blancos y grises. Todo es de una gran belleza, de una gran paz. Pero todo es tan inmóvil, tan solitario... Es bonito y triste al mismo tiempo...

Ahí, él dejó de hablar. También yo dejé de hacer preguntas. Entonces todo me pareció claro como el agua.

Con el tiempo, él siguió acudiendo a mi consulta y me di cuenta de que solo quería verme. Con el tiempo, me di cuenta de que no solo me interesaba como paciente. Con el tiempo, fui para él algo más que su psicóloga y ambos abandonamos aquel invierno pasmado que se había cernido sobre nosotros.

BAJO EL PARAGUAS

Es cierto que la niebla difuminaba el camino, pero no por eso debía haberse desviado. Hacía el mismo recorrido a diario, como el robot aspirador dentro de su programa. Pero ahora, en lugar de avanzar, era el terreno el que se prolongaba ante sus ojos. Se detuvo, ante la inutilidad de seguir adelante. Y, junto al primer semáforo, vio avanzar una silueta masculina, tan alta como vacilante, cobijada bajo un clásico paraguas negro idéntico a su propio paraguas, a una distancia prudencial de María. Ella se dirigía a la oficina, aprisa, aunque la niebla condensada ya se había deslizado por su cabello moreno, que ahora acariciaba su cara, tan encantadora como cada mañana, formando remolinos en torno a su fino colgante dorado. Entonces se escuchó a sí mismo exclamar: ¿Qué haces ahí como un pasmarote? ¡Corre con tu paraguas y tapa a María! Y, al observar con más detalle, comprobó con un escalofrío de realidad que aquella figura dubitativa era él mismo. Y pensó: ¡Qué fácil se ve todo desde fuera!

UN PODER EXTRAORDINARIO

(Basado en "El hombre que podía hacer milagros" de H.G. Wells)

Pepe Gil miró con seriedad a su compañero, con el codo izquierdo apoyado en la barra y sujetándose la cabeza con la mano. En su mano derecha, una jarra de cerveza.

— Bobadas. ¡Los milagros no existen! - exclamó con desdén.

—¡Ya lo has dicho tú! - contestó el compañero.

— Sabes, ¿Paco? Esto me suena. El otro día me prestó un primo un relato de Herbert George Wells. Está muy de moda ahora. El autor de "La Guerra de los Mundos", ¿sabes?

— No, Pepe. Sabes que me ocupo de mi granja y no de asuntos fantásticos. Y si tú te distrajeses menos, mejor te iría en la panadería. Leer libros sobre otros planetas no te ayuda a tener los pies en la Tierra.

— Y me lo dices tú que crees en los milagros.

— Los milagros salen en la Biblia. Siempre han existido. Pero… ¿Otros mundos, Pepe?

— No digo que crea en otros mundos. Es ciencia ficción. Pero a lo que voy…El relato que justo empecé a leer ayer y que, por cierto, hoy no encontraba, empezaba con un diálogo como el nuestro, quitando el asunto de la intertextualidad y la referencia directa que he hecho al autor y al relato del hombre que podía hacer milagros.

— Te expresas como un catedrático, pero a mí no me convences.

— Bueno…En el diálogo aparece un hombre escéptico como yo, que rebate a otros compañeros de bar la existencia de los milagros. Porque los milagros son acciones que desafían el curso normal de la naturaleza, provocados por la voluntad de alguien con capacidad para ello. Y eso, querido Paco, no es posible.

—¡Ya lo has dicho tú!

Ajá. Tu respuesta es la misma que en el relato. Y, ahora, lo curioso sería que yo, que no tengo fe en nada, dijese que los milagros no existen, poniendo un ejemplo y comprobando con sorpresa como ese ejemplo contrario a las leyes naturales se hace realidad.

— Eso sería gracioso, sí.

— Pues mira, como si ahora desease que esta jarra de cerveza se elevase y se pusiese boca abajo sin que su contenido se derramase.

Dicho esto, la jarra ascendió como impulsada por el brazo de un bebedor invisible dispuesto a brindar con ella, ante los ojos atónitos de las personas situadas alrededor de la barra. De repente, la jarra se volcó en el aire, permaneciendo su líquido ámbar y espumoso ahí contenido, como si la gravedad no le afectase. Pero, al cabo de dos segundos, la jarra cayó estrepitosamente al suelo y tanto el continente como el contenido estallaron por los aires. Se oyeron los gritos de los presentes. Creyeron que había hecho un truco y uno de ellos se acercó para preguntarle el secreto. Paco gruñó malhumorado porque la cerveza había trepado por sus pantalones nuevos de los domingos y Pedro, el dueño del bar, decidió echar a Pepe. Dijo que siempre tenía un modo u otro de alterar la paz de los vecinos y le pidió que saliese por la puerta.

Pepe volvió a su casa, aturdido e incrédulo. Una vez ahí, buscó el relato por todas partes, pero no lo encontraba. Lo último que había leído del relato es que su protagonista había levantado con la mente la lámpara de la taberna londinense en la que se encontraba y le había dado la vuelta en el aire, pero la lámpara había caído al suelo provocando el enfado del dueño de la taberna, que también lo echaba. El paralelismo era sorprendente, por eso quería ver cómo continuaba el libro. Sí, probablemente era una idea absurda y todo era producto de la casualidad, pero aún así…

Entonces decidió probar si de verdad tenía poderes. Y deseó en voz alta que su despertador acudiese rápidamente a él, pero al no indicarle cómo, el despertador lo hizo con celeridad, pero dándole un buen golpe en la cabeza. – Vaya -

pensó. Debo dar instrucciones precisas o no provocaré más que accidentes. Con paciencia, volvió a colocar el despertador en la mesilla y le ordenó que acudiese a su mano, con cuidado. Y así lo hizo el despertador. También deseó estar ya en la cama metido, ya que al día siguiente era lunes y tenía que madrugar para poner el horno en funcionamiento. Pronunció el deseo en voz alta y al instante se encontró en la cama metido, pero vestido y calzado. – Sin ropa – añadió, pero el tacto frío de la sábana le provocó un escalofrío. Entonces exclamó malhumorado: - ¡pero con mi pijama puesto! Y así fue.

Al día siguiente, comprobó con satisfacción cómo podía fabricar pan de la mejor calidad solo con desearlo. Y por la tarde dejó a Rafael, su joven aprendiz, solo en la panadería. Podría atender a todo el mundo y él ya había dejado una cantidad más que suficiente de panes y dulces recién hechos.

En la calle, se decidió a probar sus poderes. Lo hizo con el bonito palo que utilizaba para pasear y al que hizo florecer. – Vuelve atrás - le dijo, queriendo decir con ello que volviese a su estado anterior, pero su frase era confusa y resultó que el palo retrocedió por la calle empedrada a una velocidad considerable. De repente, escuchó un aullido de dolor. - ¿Quién es el gracioso que está ahí? – gritó una voz enfadada en la que Pepe reconoció a Paco.

— ¡Otra vez tú, panadero loco! Ayer rompes una jarra con un truco barato, me manchas el pantalón nuevo de los domingos y hoy me pegas un buen varazo en la azotea.

— Lo siento, lo siento mucho, Paco. No era mi intención. Solo estaba probando…

— Probando, probando. ¡Tú eres tonto!

— Sí, tienes razón, lo siento.

— Lo siento, lo siento. ¡Deja de hacer el payaso y atiende tu panadería!

— Ya te he pedido disculpas.

— Pues espero que mañana no me vengas con otra de estas porque sacaré la escopeta de perdigones y, y…

— ¡Ya te he pedido disculpas! ¿Qué más quieres? ¡Vete a la Conchinchina!

En ese mismo instante, Paco desapareció. Probablemente se habría marchado a la Conchinchina, allí donde quisiera que estuviese situado aquel lugar. Pepe no tenía la más remota idea.

Según comentaban los vecinos, al día siguiente el cura iba a dar un sermón dedicado a los milagros. Pepe nunca iba a misa ni era creyente, pero su experiencia reciente le había llevado a desarrollar una especie de fe en los milagros y quería consultar al párroco acerca de este tema.

Después de misa, el párroco accedió a tener una charla con él en la sacristía. Pepe preguntó si un hombre corriente podría hacer milagros y don Santiago contestó sin pensárselo dos veces que solo gente extraordinaria como Jesucristo era capaz de tales hazañas. Fue entonces cuando Pepe mostró al cura sus capacidades, ordenando a la bandeja con la colecta que duplicase el número de monedas o alzando el cáliz sin tocarlo y haciendo que creciese un lirio en su interior. Don Santiago no podía creer lo que veían sus ojos. Era curioso que el Señor hubiese otorgado la capacidad de obrar milagros a alguien tan corriente como Pepe. De hecho, a nadie que oyese el nombre de Pepe Gil se le ocurriría pensar en alguien con habilidades extraordinarias. Una cosa es que hiciese pan…pero esto era inimaginable. El párroco concluyó que si el Señor le había otorgado esta capacidad, sería con fines humanitarios. Pidió que desease algo para ayudar a una persona. Por ejemplo, su monaguillo más fiel, pese a su juventud, estaba cojo y jorobado. Cuánto bien haría ayudando a ese pobre muchacho. Pepe pronunció su deseo y, unos quince minutos más tarde, cuando cura y panadero debatían acerca de magia y milagros, el joven monaguillo apareció exultante por la puerta. Entró sonriente y corriendo como un niño, totalmente erguido y sin signo alguno de cojera.

Por la noche, don Santiago y Pepe, convencidos de la capacidad milagrosa del último, decidieron reunirse de nuevo en la sacristía, para luego pasear por las calles desiertas del pueblo y formular deseos que ayudaran a la gente de allí. En especial, deseaban sanar a todos los enfermos. Cuando el Sol saliese, todos los habitantes del pueblo estarían en perfecto estado de salud.

— Debes hacer una cosa por el bien de la humanidad, Pepe.

— ¿Qué cree que debería hacer, padre?

— Detener la rotación de la Tierra. Para que con ello se detenga el tiempo y lo tengamos de nuestra parte para obrar el bien.

Dicho y hecho. Pepe deseó detener la rotación de la Tierra. Pero, en cuestión de un segundo se sintió solo, terriblemente solo. Observó como el suelo que pisaba estaba resquebrajado. Un suelo árido plagado de ruinas: trozos de sillares de piedra, paja, una valla de madera rota y astillada… Un fuerte viento procedente de arriba arrastraba todo en remolinos ascendentes. El cielo estaba oscuro, negro como la pez en el fondo, pero condimentado por un polvo de ruina y destrucción en la superficie. De dicho polvo indefinido a veces podía distinguirse la sombra de lo que antes fuera un objeto, como una casa o un pajar, o un ser vivo, como una vaca. Pepe apenas podía mantenerse en pie y se dio cuenta de que el viento se lo iba a llevar si no lo detenía. En cuestión de segundos, se vio atrapado en una vorágine ascendente.

— Bájame. Despacio - pidió. Tenía que actuar rápido y desear algo razonable. Entonces ordenó que todo fuese tal y como había sido antes de haber levantado con su mente aquella jarra de cerveza. Y que no tuviese capacidad alguna de hacer nada extraordinario.

De repente, todo estaba tranquilo. Sintió como su codo estaba apoyado en una superficie sólida y su mano sujetaba su cabeza.

— ¡Ya lo has dicho tú!

Abrió los ojos y ahí se encontraba, en el bar de Pedro, discutiendo acerca de los milagros con Paco el granjero. Por un instante, tuvo la vaga sensación de haber olvidado algo grandioso, pero enseguida se desvaneció.

DESPISTE SINCRONIZADO

Creo que la anécdota de aquel día empezó en el momento en el que mi padre y yo estábamos sentados en la furgoneta: él de piloto y yo de copiloto. En un momento dado, decidió arrancar. Nos dirigíamos hacia la piscina, como muchos otros días en verano. Íbamos a la hora de comer para no encontrarnos con mucha gente y poder tener nuestra propia calle para nadar. Mi padre, mi madre y yo. Hacíamos unos cuantos largos, nos secábamos un ratito en la toalla y volvíamos a casa para comer, algo tarde. En el trayecto de ida de ese día, todo lo que se escuchaba era el leve rugido del vehículo sobre el asfalto y se respiraba una calma inusitada. Ya estábamos llegando a la piscina municipal cuando mi padre dijo extrañado: ¡Qué callada vas, Isabel! Y yo, ante el silencio de mi madre, añadí: sí, mamá. Y me di la vuelta para mirarla, comprobando con asombro que la parte trasera de la furgoneta estaba vacía. Entonces advertí a mi padre: papá, mi madre no está…Y mi padre, con cara de susto, detuvo en seco la furgoneta y miró hacia detrás para comprobar con sus propios ojos lo que ocurría. ¡Mierda! – exclamó. – Ya verás tu madre… ¡Hoy comeremos nabos!

No recuerdo haber comido nabos jamás en la vida. Nunca. Si había que comer nabos, al menos sería un vegetal diferente, con sus propiedades sanas, seguramente. Mirando el lado bueno de las cosas. Alguna vez sí había comprado rabanitos y los había echado a la ensalada. No estaban mal, sin ser especialmente sabrosos. Lo más extenso que había leído acerca de los nabos era un cuento tradicional de Rusia que leímos en clase de ruso. Riepka (así se pronuncia). La historia trata de un abuelito que plantó un nabo que se hizo gigante y tuvo que solicitar la ayuda de la abuelita para tirar de él. La abuelita se colocaba detrás del abuelito para tirar, pero el nabo no salía. Por eso tuvieron que llamar a la nieta. Y luego al perro, al gato y al ratón. Al final, entre todos, conseguían sacar el nabo de la tierra y eran felices. El cuento, tal y como aparecía en ruso, tenía gracia, con frases que se repetían y sonaban bien. Un estilo especialmente pensado para niños. La profesora, muy animada siempre, pretendía que hiciéramos una representación teatral de la historia nosotros: un escaso grupo de adultos más bien sosos y con pocas dotes interpretativas. Recuerdo que ese día había llegado un alumno nuevo que era un señor de unos cincuenta años. Y, la profesora, pensando en la fiesta de Navidad que todos años preparaba el departamento de ruso, dijo a ese nuevo alumno: tú puedes hacer de nabo. Puedes ponerte unas acelgas en la cabeza…En verdad, así visto, el nabo resulta de lo más simpático e inofensivo.

Sin embargo, las ondas de relajación que vibraban antes en la furgoneta habían adquirido una textura sólida y se presentaban ante nosotros como alambres tensos. Esa era la realidad, por mucho que pensáramos en otra cosa. No sé en qué pensaba mi padre. Estaba igual de mudo que yo al dar marcha atrás para volver por donde habíamos venido. Seguramente estaba más preocupado que yo. Seguramente sería el primero en llevarse la bronca. En realidad, mi madre siempre ocupaba el asiento del copiloto y yo iba detrás. En realidad, era extraño que me hubiese cedido a mí el asiento de delante. En realidad, era más que sospechoso que no hubiese dicho una sola palabra en tanto tiempo con todo lo que habla. Ciertamente, un padre y una hija tienen que tener un nivel de despiste y una coordinación excelentes para que esto sea posible. Pero así fue. Y cualquier madre y esposa se preocuparía al albergar a un par de colgados tan grande bajo su techo. Y el enfado sería comprensible.

En la radio sonaba un sitar y una melodía conocida. Mi padre tarareó la canción. A los dos nos gustaba, era el "paint it black" de los Rolling Stones. Y con ella me vino a la cabeza la imagen de soldados volviendo de la guerra de Vietnam, en una atmósfera de derrota y con aquella canción sonando de fondo.

La chaqueta metálica, de Stanley Kubrick. Esa era la película. Y la canción habla de alguien que quiere pintar todo negro porque en su mente solo hay oscuridad. Y recordé cómo, en un concierto en París, viendo en directo a los Rolling Stones, intenté concentrarme en esta canción, que me gusta de forma especial. Era la penúltima canción del concierto. Pero no pude disfrutarla como me hubiera gustado porque un chico poco más que adolescente iba muy borracho y empezó a montar una pelea cerca de donde estábamos y a los pocos segundos de la canción. Un guardia de seguridad tuvo que llevárselo aparte. Y justo cuando acababa en la radio esta canción que hacía presagiar lo peor, nosotros estábamos llegando a casa…Y ahí, en la puerta, nos esperaba mi madre.

Y, para nuestro asombro, entró alegremente por la puerta trasera del vehículo y dijo riéndose: ¡Qué tontos que sois! Justo me veis que salgo por la puerta y hacéis la broma de iros con la furgoneta…

Este libro digital se publicó
en el mes de noviembre de 2020
Por Editorial Giraluna
Venezuela